by Sophia

Sophia
作品集14

I'll Remember You, Forever

忘了世界，也不會忘記你

閉上眼睛。
然後，開始倒數。
五。四。三。二。一。
張開的瞬間，一切歸零。
零。

01

「妳真的什麼都不記得了嗎？」

坐在客廳的沙發上，爸爸、媽媽、姊姊和未來的姊夫以相當壓迫的近距離注視著我，不斷的重複詢問相同的問題。

「嗯。什麼都不記得了。」

小聲而堅定的答案已經不知道是第幾次從我口中說出，眼前的這群人，臉色一次比一次難看。

我看了牆上的掛鐘一眼，已經九點半了，也就是說已經過了一個半小時，他們還是沒有辦法接受這個事實。

就是「我什麼都不記得了」的這個事實。

今天早上，八點整，新聞台正開始進入八點整點新聞，我從樓梯上緩慢地走下來，在媽媽的笑容還沒完全到位之前，「這裡是哪裡？」從我口中滑出的這一句話，讓空氣完全凝結，唯一在流動的，就是播報著殺人案最新偵辦結果的字句。

「小悅，妳在開玩笑吧，快點下來吧，今天有妳喜歡吃的南瓜炒蛋。」

媽很努力的打破沉默，帶著全然的自我說服。

「是我的名字嗎？妳剛剛說的小悅。」

接著在極為複雜、而所有的人都各自懷抱著心思的餐桌上，進食仍然是在所有的疑問以及事務之前，總之桌上的南瓜炒蛋、空心菜和涼拌小黃瓜異常快速的被清空，不到十分鐘的時間，幾乎是平常的二分之一。

平常的二分之一？

我之所以能這麼流暢的給出這樣的敘述，是因為我根本沒有失憶；然而這並不是星期六早上的惡作劇，而是我下定決心要重新開始。

歸零。然後開始。

事實上，之後我也必然會接受專業的醫學檢驗，然而對於這種他人無法探知，就連科學儀器也無法全然驗證的狀態，不管我怎麼說，最後旁人也只能接受。況且，對於他們而言，小悅依然是小悅，差別只是在於「我並不記得他們」，或許因而會增加些許我在他們心目中的特殊性，但終歸是相同的，也就是說，最大的差異也就只有在我身上產生而已。

我並沒有遭遇什麼重大打擊，生長在一個健全的家庭，可以說是平凡的幸福，求學、人際關係也相當順利，總之沒有什麼特別好提但也沒什麼好挑剔的，但我卻忘不了那個時候的我。

戀情已經結束半年，兩個人很平和地退回朋友關係，我並不是忘不了那個人，而是無法割捨當初的那段愛情以及在之中的我。正是因為如此，我突然想，如果我不再是我，即使只是在我自己一個人的世界裡產生如此的改變，那麼到底會帶來什麼影響呢？

在自己的世界之中被綑綁住的那個我，如果能夠歸零，是不是就能忘記難以移動的那個自己？

就像是灰姑娘的午夜魔法，在張眼的那一瞬間，魔法就已經在我的身上啟動。

當我不再是我。

過去的小悅，在我能夠選擇之前就已經被綑綁上一圈又一圈的繩索，無論是關係、概念，甚至是對於「我是什麼樣的一個人」這樣的認知，絕大部分都來自於外在的眼光與價值進而形塑而成。

在我們身上屬於自己決定的部分到底有沒有十分之一呢？

這樣一直想著，就越感覺自己一直相信的那個自己，已經不再是自己了。

既然如此，捨棄了在我心中所有關於「小悅」的印象以及記憶，一點關係也沒有吧。

日子並沒有太大的不同。

因為剛畢業又還沒開始找工作，所以幾乎不會面對過去認識的人事物，之後到醫院檢查了好幾次，結果如同預料之中那般「一點異狀也沒有」，但因為我堅持什麼都想不起來了，雖然殘留著熟悉感（當然是作為我對某些事物太過熟悉的退路），但事實上真的一點也想不起來了。

最後就被歸結到心因性的失憶，並且找不到原因。

什麼原因根本無所謂，他們所在乎的就只是希望我「恢復原狀」罷了。然而原狀究竟是什麼？記不記得有很大的差異嗎？我還是生活在這個屋簷底下，還是用著小悅的軀體，他們還是以一如既往的方式對待著他們認知中的小悅。

他們的世界並沒有任何改變，因為我還是在這裡。

對了，就是我這個人無論產生多麼劇烈的內在變動，只要我還在這裡，用著相似的方式生活著，對其他人而言一點影響也沒有。

不管是爸爸媽媽或是姊姊，即使這麼親近的人，只要不去探究，其實並沒有太具體的改變。

大概還是有著一點微妙的差異，為了更加了解心因性失憶的學理和外顯症狀，我開始走進圖書館。並不是在家附近的圖書館，我並不想遇見認識的人，進而因為對方試圖談話而以我手中的書作為話題，我不是不擅長說謊，但因為我已經讓自己站在一個極大的謊言之上，因而不想再衍生出更多的謊。

「找什麼書嗎？」

「嗯？」

站在書櫃編號的指示牌前我發愣了很久，注意力並不是在文字上，單純只是我容易在一個定點出神。看著他推著一車書，可能是因為圖書館員的義務感，也可能單純因為我站的位置太外面，擋到了他的去路。

「因為看妳對著指示牌看了很久，是要找什麼分類的書嗎？我可以幫妳查。」

「嗯。失憶。」

「失憶？……嗯，心理學相關的書，妳往前直走，大概是倒數第二還是第三櫃，不過因為書很多，所以妳可能要花一點時間從中找出妳要的書。不過如果妳有書名的話，我可以直接幫妳查索書號，這樣會快很多。」

「沒有特別的書名，只是想查相關的資料。」

「這樣啊。那在那一櫃應該可以找到妳要的書。」

禮貌客氣並且沒有進一步的詢問，純粹就是公事上的協助，但爽朗的笑容和親切的態度，大概為這間圖書館加分很多。

「因為我失憶了。」

「嗯？」

我並不知道對著一個陌生人說出這樣的話有什麼意義，事實上我可以只說聲謝謝就往前走的。我猜想以這樣的句子作為開端，想必會在他的心中銘印下過於特別的開端，我並不想成為一個陌生人心中的特別存在，至少在那一刻的我，一點這種意識都沒有。

然而很久之後我才發現，或許在意識之外，打從看見他第一眼開始，我就希望自己成為他心中那個特別的存在。

我們所行使的動作，最強大的部分往往來自於連自己也毫無所覺的欲望。

「我說，因為我失憶了，所以想找關於失憶的書。」

「嗯，抱歉，因為第一次有人這樣跟我說，所以我有點愣住了。那這樣，有需要我帶妳過去嗎？抱歉，我對失憶沒什麼概念。」

「不用了，我想我應該可以找到，謝謝你。」

給了他一個淺淺的微笑，用著我一貫的緩慢步伐往前走去，到底是為什麼呢？對於後半段這樣感覺毫無意義的對話，到底是為什麼呢？一邊這樣想著，卻輕易的放棄思考。

因為，就只是一個陌生人，就算很認真地把他拉進自己的謊言之中，也一點意義也沒有吧。

借了好幾本書回家，我就坐在書桌前翻著，並不是很認真，但因為爸媽不贊成以我目前的狀態去找工作，或者繼續求學，或許因而給了我一個人生的緩衝地帶。

我給自己一年的期限，就像灰姑娘的午夜魔法，鐘聲一響，她就變回廚房裡的灰姑娘，而我就變回原本平凡的張悅寧。

這幾天爸媽聯絡了我最要好的朋友們，試圖以熟悉的人事物來刺激我的記憶，也希望從朋友們身上探問出我之所以會突然失憶的原因。

當然無解。

不管怎麼努力，都找不到具體的原因的。變化的主因在於我內在劇烈的動搖。

很順利的畢業了。有三、四個堪稱死黨的朋友。男朋友也在半年前分手之後，平靜地退回朋友的角色。沒有工作上的紛擾。也沒有家庭問題。在一個一個假想被接連推翻之後，家人和朋友決定聽從醫生建議，先觀察一陣子再說。

心因性失憶症也許極短期，也許極長期，勉強說不定會有反效果。

然而我一直在想，時間的極短與極長究竟是以什麼作為衡量的基準呢？

前男友在交往最熱烈的時候，曾經說出「就算是一秒鐘，我也不希望妳忘記我」，也說不定在我心中默默的刻印下這句話，作為我失憶世界的發端。

就算是一秒鐘，我也不希望妳忘記我。

然而我已經「忘了」這個世界一個星期，卻沒有任何人的生命產生動搖。

要是我身邊有一個人失憶，大概我也還是能夠準時的吃下三餐，用著一貫的步伐前進，並且關懷的告訴對方「我真不希望你忘記我」。

並不是謊言，也不是存有著偽善的心思，單純只是，無論是再靠近的兩個人，也不可能擁有完全重疊的世界。

「小悅，媽煮了紅豆湯，先下來喝點吧。」

大概最明顯的差異，就是家裡的人對我有些小心翼翼，卻投注了比過去更多的關心。

事實上，做出這個決定並不是經過長期醞釀，而就是在那一天，睜開眼望著什麼都沒有的天花板的那瞬間，竄進我腦中的那片空白，我想著「如果一片空白就能重來了」，於是我這麼開口了，但卻不知道我到底想重來什麼。

也許混雜的原因太多，反而一個也辨識不出來了。

太過平凡的人生。沒有太多關心卻也無法挑剔的家庭。靠近但無法貼近的朋友圈。佐以自己內在的不確定感。但這些也都是我自己的推測，連我也無法確定自己動作之後真正的意念。

或許就只是想要那片空白。

「就算在家，還是會冷啊。小悅妳老是不穿外套。」

順著媽媽的話穿起了外套，乖順地坐在餐桌前喝著熱騰騰的紅豆湯。紅豆湯是我最喜歡的甜點，只要注意的話，不管是爸媽或者姊，都在這些細微的地方默默努力著。

什麼話也不多說，沒有大聲叫喊「為什麼會這樣」，也沒有搖晃著我說「妳到底怎麼了」，就只是初時的不可置信之後，很平靜的接受了這個事實。

停下來並且給自己空間之後，就會察覺一直感覺平淡到什麼都沒有的生活，原來這麼穩固。

如果灰姑娘的午夜魔法是得到和王子共舞的美好夜晚，或許我的魔法，給了我一個空間好好體會自己擁有的生活。

「好喝嗎？」

「嗯。很好喝。」

「好喝就多喝點，妳看書不要太累，有空就多出去走走。」

「我知道。」

一勺一勺舀著湯，並不是沒有湧生放棄魔法的念頭，但是在人生之中從來沒有任性過的我，就這麼一次，我想完全的遵照自己的意念。

歸零。

然後得以開始。

我固定在星期四到圖書館。

沒有儀式性的原因，單純只是以星期一的休館日作為基準，星期四恰好是切分點，不知道為什麼，我就是認定正中間的那一天，會是圖書館人最少的一天。

挑了一個靠牆的位置，我並不喜歡陽光，尤其是透進窗的陽光。

總感覺那樣無法讓人直視的光亮並不是我們真正期盼的終點，雖然大多數人都追求著陽光，但卻又相互告誡不能張眼直視，既然是連凝望都不能的目標，那麼追尋的到底是些什麼呢？

尤其是透進窗的光線，很美、真的很美，然而那樣的美卻是經由不斷的曲折最後落在與起源相距太遠的位置，灑落在掌心的溫暖，如果不得不如此間接性的去汲取溫度，並且無法承受來源的真正灼熱，那究竟要的是邊界的衍生，還是主體的本身？

不管怎麼樣，思緒轉了幾轉幾圈，只要簡單地說出「我不喜歡陽光」，就是一般人所要的答案。

其實我也只是一般人，我也不會去在意中間的轉折心思，因為知道了也沒有用吧，反正只要知道結果就好了。

「妳好，妳很常來呢。」

一個星期來一次的頻率應該遠低於四周為了準備國考、研究所的人吧。

「因為這裡比較安靜，也比較能讓人定下心來。」

「上次有找到妳要的書嗎？」

「有找到幾本相關的，但是越看越模糊呢。」

「是很難懂的書嗎？」

「不難懂。但是越了解理由，就越不知道該怎麼辦才好了。」

「感覺很辛苦呢。」

他胸前掛著圖書館員的識別證，我並不是很想接續這個話題，大概是因為自己不想要繼續說謊。討厭說謊的我卻一口氣撒了那麼大的謊，或許十年或者二十年之後的自己，回想起來還是會納悶當初的勇氣是從哪裡來的吧。

但卻不需要勇氣。

因為沒有過多的考慮，所以也不需要太多的勇氣。

「喔，我好像沒有自我介紹，我是這邊的圖書館員，」他將識別證的正面轉向我，上面的爽朗相片大概是學生時期拍的，雖然沒有差距太大，但明顯眼前的他成熟穩重許多。「沈之浩。」

「嗯。」

我並沒有主動告訴他我的名字，大概是覺得沒有必要，也或許兩個人本來就站在不對等的位置上，圖書館員介紹自己並不奇怪，但要求對方介紹自己似乎不是那麼合適的動作。

所以他並沒有詢問我的名字。

可能他也只是單純的對一個來圖書館的人釋出關心，但是越是看著他，越覺得溫暖。

「你有女朋友嗎？」

「什麼？」

「我以為這是很一般的對話問題。」

他停頓了一下，還是露出了爽朗的笑容。「是很一般沒錯，但不太像是妳會問的問題。」

「那你覺得我會問什麼問題呢？」

我側著頭看著他，並且掛上甜甜的微笑，前幾天在電視上看見，聽說這樣的姿勢會讓男性覺得很可愛，但為什麼要讓他覺得我可愛呢？

如果在以失憶為前提的狀況下，還能擁有一份真實的愛情嗎？

愛情？

如果他回答沒有的話。

「嗯……其實我不太懂女孩子在想什麼耶，但感覺妳好像不是會關心這方面問題的人，不過也就是我的感覺而已。」

「大概是因為失去記憶的關係吧。」

「喔，抱歉，我忘記這件事，因為感覺妳跟一般人沒什麼兩樣，所以……」

他歉疚地撥了撥自己的頭髮，爽朗又老實的人啊。

「那你有女朋友嗎？」我看著他微笑，「因為是你，所以想問吧。」

在魔法之前的我，大概逼迫我也無法對一個男人說出這樣的話來，但是這片空白，就等於沒有任何綑綁。

「是沒有……」他喃喃自語之後，突然很正經地回答我。「我現在沒有女朋友。」

「那跟你親近一點也沒關係嘍？」

「妳說什麼？」

我愉快的搖了搖頭，接著指著他身邊的那堆書。「不工作沒關係嗎？」

「我差點忘了，我要快點把書放回書架上。抱歉，下次有機會再聊吧。」

「嗯。」

看著他踏實的背影，如果現在把失憶這件事情的目標訂立在尋找一段戀情上，會不會太膚淺了一點？

我和沈之浩的「下次再聊」是他下班的時候。

閉館之後我就坐在圖書館外的公園裡，沒有任何目的，只是覺得風很涼，所以走到半路就停了下來；事實上，公園和圖書館相距了大約五分鐘的距離，如果要製造會面的機會也不會在這裡，但也沒有遠到會有命中注定的錯覺。

任何的事件發生都有其必然性，這並不是命定論，只是沒有必要把一件已經發生的事情渲染得像是無論如何都不可能那樣，但事實上就已經發生了。

沈之浩經過的時候我並沒有發現他，因為我正在對著右邊的樹皮發呆。

看著一件複雜又似乎毫無意義的事物時，是最容易進入空白狀態的時刻。

「是妳。」

順著聲音我抬起頭，看見的是沈之浩親切的笑容，就因為介在發呆與清醒之間，所以我看見的就只有沈之浩而已，什麼都沒有，先入的印象也沒有，就是這張臉映入了我的空白。

那個時候我並沒有意識到這是一件很危險的事情，所以當我發覺的時候，大概已經來不及了。

「抱歉，我不知道妳的名字，所以……」

沈之浩站在我的面前，冬天的天空暗得異常快，剛剛明明還很亮的，現在卻只剩下昏暗的亮度以及彌補的路燈光芒。

「張悅寧。我習慣人家叫我小悅。」

說出口的時候我恰好清醒，發現從自己口中說出「我習慣」這三個字是全然不合理的，一個失去記憶的人，第一個失去的就是習慣。第二個才是自己。但無論是「習慣」或是「小悅」，這樣的敘述破綻是無法被掩飾的。

但眼前的男人不知道是沒發現，或是善意的忽略。總之他沒有追究我的話語。

「越來越冷了，這樣可能會感冒喔。」

「你對每個人都這麼好嗎？」

「嗯？也沒有，而且我也沒特別做什麼啊。」

「你覺得沒什麼特別的舉動，在對方眼裡如果很特別，那就糟糕了呢。」

「嗯？」

「你趕著回家嗎？」

「是沒有。怎麼了嗎？」

「可以坐在旁邊陪我一下嗎？不用說話也沒關係，就只要坐在旁邊就好了。」

於是沈之浩坐下了。隔著一個適當的距離，不會太遠也不會越界，就是那種異性的距離以及陌生人的長度，果然拿捏得都很好呢。

對大多數的人而言，坐在旁邊的兩個人，既不是不用交談的陌生人，也不是那種不用言語就能理解的知心好友，這種沉默是很難令人忍受的；然而沈之浩卻處之泰然的坐在我旁邊，安靜地呼吸著，就只是坐著。

我並沒有試圖要開啟話題，就只是在他提醒之後突然覺得冷，所以覺得如果有這樣一個溫暖的人坐在身邊，會很溫暖吧。

但心理性的溫暖似乎無法抵抗生理性的寒冷。

「真的好冷。」天空連一絲微光都消失了。

「妳要不要喝點熱的東西？」以為他可能會提議去哪間店的時候，「前面的販賣機有賣熱飲。」

我愣了一下，到底是不解風情還是太過耿直，突然我很開心地笑了出來，越看著他越無法控制自己的笑意。

「怎麼了？」

「我本來以為你會約我去哪間餐廳或是咖啡廳，沒想到是販賣機。」

「呃，是這樣的啊。因為販賣機最近，而且妳又覺得冷……」

雖然說這個人跟我假裝失憶一點關係也沒有，但是因為有那樣的開端，我才會踏進圖書館，也才會遇到他；如果從這麼微小的點開始著眼，要改變自己的人生似乎不是一件太過困難的事情。

「有熱可可嗎？」

「嗯？」

「我是說販賣機。」

「喔，我記得好像有，妳等一下喔。」

結果他還是走向販賣機了，而且用著有點快的步伐，私心的認為他是因為怕我冷，所以也連帶的溫暖了起來。

其實很平凡的生活也沒什麼不好，雖然我是在試圖讓自己生活變得不平凡的途中發現這件事。

很快的沈之浩就帶回了兩罐熱可可，將其中的一罐遞給我之後，我拿出零錢包要將零錢給他的時候被拒絕了，他說「就當作讓妳期望破滅的補償」，就低下頭看著自己拿著飲料的雙手。

「我哪有什麼期望？只是誤會罷了。再說，這可不是用熱可可就能打發的事情。」

「那……？」

「我每個星期四都會到圖書館。」

「嗯。」

「所以下星期四你可以想要怎麼補償我。」

其實沈之浩根本不用補償我什麼，就算他就這樣轉身離開也沒有人能夠責怪他，但這樣的話從我口中說出來，不知道為什麼格外的順暢。就好像感覺身邊的這個人，很好騙這樣。

我並沒有打算為了沈之浩多往圖書館跑，我並不認為自己必須為了另外一個人打亂生活的步調，相反的，正是因為能夠相互配合的兩個人，才能調整出協和的節奏來。

並不是不改變，而是沒有必要刻意的改變。

生活有了新目標的感覺，還滿讓人期待的呢。

「謝謝你的熱可可，我該回家了。」

「那個……需要我送妳回家嗎？天色都暗下來了。」

「小悅。」

「嗯？」

「下次這樣叫我吧。你陪我走出公園就好，捷運站就在旁邊而已。」

最後沈之浩很安靜地陪我走到了捷運站，在爽朗之後又帶點害羞的微笑，路上小心，這樣對我說。

怎麼，感覺也太過溫馨了一點。

因為氣溫比我想像的低，所以走出家門之後我又折回換上了厚外套，也因為這樣我才會在路上遇到小芹。

往往就是因為那幾秒鐘的時間差，就將我們的人生導向了另外一條路途，雖然只是遇見朋友，照理說應該值得開心的事情，但小芹是我最好的朋友，也是因為最貼近，所以必然難以在她面前圓謊。

事實上，上次爸媽為了讓我回想起過去，找來我的好朋友們，那時候我可以說是咬著牙才不被看穿，但我不能保證弟二次的見面，並且是單獨見面，也能這麼順利過關。

雖然說只要堅持自己什麼都想不起來，但越在意通常就會露出越多的破綻。更何況對方一直試圖找出破綻來。

「我剛好要去妳家找妳。」

「嗯。我本來要去書局翻一翻書的。」

我和小芹坐在附近的一間飲料店，雖然就開在家附近不到十分鐘的距離，卻因為太近所以從來沒有走進這間店。對於太過容易得到或者走進的存在，通常都會是第一個被刪除的選項。

點了從來不點的熱奶茶，因為不喜歡這種甜膩的味道，這種刻意思考之下的舉動，實在太過突兀，但已經來不及了。

小謊跟大謊畢竟是不一樣的。

「小悅以前從來不喝熱奶茶的。我記得妳曾經說過，冰奶茶還可以勉強忍受，但熱奶茶那種怪異的感覺，實在喝不下去。所以從這些小地方來看，突然覺得很陌生呢。」

「是嗎？」

「但就算失憶，也不會選擇跟過去截然不同的東西吧。我翻了很多書籍，大部分的案例都還是偏向自己過去的喜好呢。」

小芹跟我感情很好，所以她會為了我翻閱相關書籍並不是沒有料想到，我自己也讀了不少關於心因性失憶的書，然而知道歸知道，在真正動作時，很容易因為沒有思考就做了很不合理的決定。

例如服務生方才放在我面前的熱奶茶。

我低下了頭，看著冒著熱氣的咖啡色液體，吸了很長很緩的一口氣。「我也不知道為什麼，就看到熱奶茶感覺特別強烈，想說是不是自己以前喜歡的飲料，沒想到是最不喜歡的飲料。看樣子我的運氣好像不大好呢。」

「小悅。」

「嗯？」

「妳是真的失憶了嗎？」

看著小芹堅定的眼光，我不知道為什麼在所有人都接受之後，唯獨她不能接受這個事實。究竟我有沒有失憶，應該對他們生活沒有造成太大的改變才是，如果是基於「因為過去共同的回憶徹底被消弭，所以感到不甘心」這樣的理由，再培養不就有了嗎？

也或許，是因為認為自己什麼都沒有發現，因此感到很自責，所以無論如何都不想相信我失憶了這件事。

「為什麼就只有小芹不願意相信我失憶呢？」

聽到我這個問題，她怔了一下，似乎連她自己都沒有思考過這個問題。就是因為沒有思考就認真相信的信念，力量才會格外強大。

小芹還是一樣點了熱紅茶，不加糖不加奶精什麼都不加的紅茶，不是為了減肥也不是為了健康，單純就是不想讓其他外物破壞了紅茶原本的香味。

小芹最討厭那種混得亂七八糟或者不乾不脆的事物了。

「因為沒有原因。不管我怎麼想，扣除了生理性這個因素之外，都沒有理由讓妳失憶。」

「但事實上我就是什麼都忘了。」

對待自己最好的朋友，這樣似乎有點殘忍，所以大多時候我並不看向她的眼，而是凝望著她身後某個不知名的點。就是因為找不到理由，所以沒有辦法好好的接受這個事實。

但事實並不是我們不想接受，就可以不接受的。

「小芹，不管我有沒有失憶，我都還是很喜歡妳，所以我們也還會是好朋友啊。」

「不一樣的，完全不一樣的。」

「到底，是哪裡不一樣呢？如果我失去了過去的一切，妳就沒有辦法接受我了嗎？」

「我只是不想要讓小悅把我們過去一起經歷過的一切都忘記。不管怎麼樣我都不願意。」

「不能重新開始嗎？不管是重新認識這個人，或是重新交朋友。」

「小悅……」

「妳不是說書上寫的，就算失憶也還是會對自己過去喜歡的事物感到好感嗎？所以我可是很喜歡小芹喔。」

不知道該慶幸還是自己太過僥倖，因為小芹懷抱的情緒太過強烈，反而沒有辦法好好的抓出我的破綻，最後居然相信了我勉強找出的話語。

對不起。但是我是真的很想重新思考在我身邊所有的關係。

把二十多年的任性額度一次用光，應該不會遭天譴吧。

我蹲在公園裡面，眼前沒有特別值得注視的標的物，我就只是盯著眼前的一朵小花。

要說「失憶」之前和之後最大的差別，大概就是我開始花心思在微小事物之上，雖然一直到最後就會發呆，但從細微的部分去觀察，確實發現了過去二十多年來我一直張望不見的風景。

我只有星期四會走進圖書館，但我幾乎天天來這座公園，從以前到現在，這裡就是讓我最能感到放鬆的一個地點。

「小悅？」

反應慢了幾秒才發現剛剛聽見的聲音內容是自己的名字，於是在我抬頭的同時，他已經走到了我的面前。

「沈之浩？」

「叫我阿浩吧，雖然聽起來有點土。」

「不會啊，阿浩，聽起來很可愛啊。」話是這樣說，但事實上我一直在想，之浩還是比阿浩聽起來好多了。

我記得我認識的某個鼠輩也叫做「阿皓」。

鼠輩並沒有帶著負面的意思，總之他一直很嚮往實驗室小白鼠那種悠閒的生活，但事實上小白鼠生活的空間只有那狹窄的鐵籠，三不五時被抓來進行實驗，最後連腦都得被剖開貢獻。但這些並不是重點，我對那個阿皓一點興趣也沒有。

看著眼前的沈之浩讓人心情愉悅多了。

「是嗎？」他靦腆地笑了，嗯、靦腆得很爽朗。

「嗯。我可以叫你之浩嗎？」一喊他阿浩我腦子就會想到那個鼠輩。

「結果還是安慰啊，哈哈。」

「不是安慰。」但我不想提起那個人，「因為每個人都叫你阿浩，不想跟著別人叫。」

突然覺得我蹲著、他站著這樣的交談姿勢有點怪異，而且一直抬頭脖子很痠，但是當我試圖站起來的時候，發現因為蹲太久腳整個麻掉，當然沒有發生那種戲劇性站不穩結果跌到男主角懷裡的情節，而是我在感覺站不起身之後，就很乾脆地坐在地上。

「妳喜歡坐在地上嗎？」事實上椅子就在兩步之外，如果可以的話，我也不想弄髒自己的米色裙子。

「我腳麻了，站不起來。」

「這樣啊。」接著沈之浩很乾脆地跟我一起坐在草皮上，但看了一眼他的深藍色牛仔褲，真是一點誠意也沒有。

「你不用上班嗎？」

「午休時間，有一個小時可以休息。」他側過頭對我揚起燦爛的笑容，「午餐吃過了嗎？要不要一起吃午餐？」

「星期四還沒到。」

「不能額外加場嗎？」

我側過頭跟他對望，這麼近的距離才發現他的皮膚怎麼可以那麼好，讓我差一點忍不住伸手捏捏看。「你有保養嗎？」

「什麼？」我並沒有去捏他，但不小心還是用食指戳了幾下，真是令人怨恨的有彈性。

其實我性格很好的，應該說心思跟一般女孩子沒什麼兩樣，偶爾會有點壞心眼，但卻不敢去做壞事，看起來很堅強，但卻很容易心軟，就是街上隨便拎來都可以找到的那種基本性格。

但是不知道為什麼，本來都只會在心裡想著的事情，一看到沈之浩就會默默地實行了。

就像是以前常常跟朋友們在路上討論哪個路人很帥很漂亮，卻從來不敢走近，可是如果對方是沈之浩的話，說不定我就會在其他人反應之前跟他打招呼。大概是那樣的感覺吧。

「我是說皮膚。」

「沒有耶，但是我每天晚上都會去操場跑步。」

「那如果交了女朋友怎麼辦？」

「如果她願意跟我一起跑步的話……」

「你作夢比較快。」因為我很不愛運動，所以我決定很斷然地打破他的期望，雖然他的女朋友並不是我，但既然是空位，我又離那麼近，多多少少還是消弭一些他的高期待比較好。

「那我就換早上跑步好了。」

「如果她一起床想看見你怎麼辦？」簡直是無理取鬧。但我可是很好心地在替沈之浩設想所有可能的問題呢。

沈之浩果然陷入了極度傷腦筋的狀態，看他為了根本就還沒發生，也不知道會不會發生的情況這麼認真的思考，我沒那麼好心會覺得他可憐，是男人都得面對這樣的問題，不只是運動跟女朋友，而是任何事跟女朋友，再怎麼犧牲奉獻的女人，都還是貪心的。我只是覺得他認真得好可愛，但又有一點想笑。

「那我就午休時間跑步吧。」這是沈之浩最後得到的結論。

我愣了一下，很努力讓自己不要笑出來，以免傷害他的自尊，但是……「如果她午休想找你一起吃午餐怎麼辦？」

如果是一般男人早就不理會這樣沒有止境的問題，但他又花了將近五分鐘陷入他的認真狀態，是我真的有使壞的天分，還是眼前的這個男人真的太好讓人使壞？

「妳覺得應該怎麼辦啊？」並不是把問題推到我身上，而是很認真地詢問我意見。

「如果真的愛你的話，不會讓你這麼苦惱的。」我也只是覺得有趣而已。

是沈之浩真的太過老實，還是在我面前特別沒有防備，他很自然地就表現出鬆了一口氣，接著又扯開爽朗的微笑。

「不是要吃午餐嗎？不然你的午休時間要結束了吧。」

「嗯，站得起來嗎？」爽朗、耿直，再加上貼心嗎？

「可以吧。」結果我還是自己站起來了。「如果午餐不好吃的話，你要補償的就越來越多了。」

「我剛好知道有間不是很好吃的餐廳……」

是間很簡單的小吃店，繼販賣機之後，他又讓我看見不知道該說是想像之外還是太過一致的一面。

這附近是很熱鬧的地區，所以我們走進的是一整條餐廳林立的街道，正常的男性要帶一個見面沒幾次的女孩子吃飯，再怎麼樣也會走進類似義大利麵店或是日式料理店這樣的餐廳，所以當我們走進不仔細看就會忽略的小吃店時，一直到坐下之後我還是有點恍神。

要嘛就是他個性如此，要嘛就是對我一點意思也沒有。

「抱歉，很小的店，但東西真的很好吃喔。我還是不想讓妳吃不好吃的東西，所以帶妳吃很好吃的店，下次妳說不定會因為這樣希望跟我出來吃飯。」

聽了他的建議點了麵食和簡單的小菜，我實在忍不住了，最後我還是伸手捏了他的臉頰。

「看來妳很不喜歡我的臉呢，太帥了嗎？」

「你到底是悶騷還是慢熱啊？」

沈之浩很開心地笑了，「兩個聽起來好像一樣耶，不過後面那個聽起來好一點。」

「我不相信光運動就可以這樣。」才不管沈之浩說什麼，我現在糾結的是他太過彈性光澤的皮膚。

「那妳要不要跟我一起運動，就可以看看是不是真的了。」

我看了很開心的沈之浩，很明顯他放開了。所以接下來就要露出尾巴來了。

「你絕對是悶騷不是慢熱。」

「那也沒辦法，只要不要讓我們兩個之間冷場就好。」我真的不想變得那麼花痴，但是沈之浩搖著尾巴的樣子好可愛。

在沈之浩搖著尾巴的同時，光看就覺得是大好人的老闆端了兩碗麵，還把小菜一口氣擺到桌上，接著用著很曖昧的眼神看著沈之浩跟我，雖然我知道老闆盡力壓低自己的音量了，但他的聲音已經可以讓整間店的人都知道沈之浩和我坐在這裡。

「阿浩，第一次帶女孩子來喔，這麼漂亮的小姐。」接著用著太過熱情的笑容看向我，「我們家阿浩很乖又很老實，絕對不會變心的啦。」

「好了啦，你會嚇到她啦。」

「我們家阿浩心疼了喔，好啦好啦，你們慢慢吃，不夠的盡量點，今天老闆請客。」

老闆很開心的邊走回廚房，又不時回頭瞄了我們幾眼，在這樣的情況下，就算是沈之浩的媽媽，被誤會了也找不到時間點可以反駁吧。

「抱歉喔，老闆就是太熱情。」

「他說『我們家阿浩』，你們很熟？」

「大學的時候在這邊打工，我讀的就是附近那所大學。」

「喔。」一邊聽邊夾起麵，很不專心地咬著。「好好吃喔。」

「因為老闆很用心，所以這邊任何一道料理都很棒呢。」大概是打工久了就會被同化，「但是妳以後如果來的話，可能都會被老闆當作我的女朋友了。」

「這樣也沒什麼不好。」

「什麼？」

「沒有。你第一次帶女孩子來啊？」聽起來讓人心情滿好的。

「嗯，沒有特別這樣想過。而且一般女孩子應該會想去隔壁餐廳那種感覺的店吧……」他這是什麼意思？

「所以我跟一般女孩子哪裡不一樣？」

「感覺不管去哪裡，妳都可以接受吧，既然這樣的話，就會希望帶妳來這裡。」

「為什麼？」為什麼希望帶我來這裡？

「因為……」他又突然變得侷促起來，悶騷的程度實在很低呢。「因為東西很好吃，妳吃看看這個豆乾，很入味喔，還有這個海帶……」

他好可愛。因為這樣我決定暫時原諒他皮膚太好這件事。

「我沒有男朋友喔。」

「什麼？」他的筷子停在半空中，就是以這種很憨的姿勢配上他氣質帥氣的臉，反而讓人踏實得莫名其妙。「喔、嗯……」

好幾個無義語詞從他口中發出，最後他帶著一點壓抑的微笑，安靜地吃著麵。

「你知道那是什麼意思嗎？」

「就是沒有男朋友的意思嗎？」

我夾了一塊海帶，細嚼慢嚥吞下去之後。「就是你可以追我的意思。」

結果沈之浩再發了幾個無意義的語詞之後，又回來推薦一輪小菜真的很好吃，而且是比剛剛更加不流暢的介紹方式，如果他再介紹第三次的話，我大概也可以原封不動的說出各道小菜的特色了。

吃完午餐之後，我決定陪沈之浩走回圖書館。

太陽好大。我討厭太陽，但也不喜歡用傘擋掉陽光，雖然是討厭的東西，但如果試圖遮蔽的話，可能之後除了討厭之外，還會越來越無法抵擋吧。

「為什麼想在圖書館工作？」

「因為很穩定，而且我喜歡書。」真是單純。但越是純粹的人越是稀少吧。

「我現在是無業遊民呢。」

「因為失去記憶的關係嗎？」

「嗯。我爸媽都不希望我在不穩定的狀況下，繼續念書或是工作，所以才有時間在外面亂晃吧。」

「會很難受嗎？嗯、我是指失憶這件事。」

「不會。生理上好像沒有特別的感覺，心理上就是回歸一片空白吧。」前者是書上寫的，後者是我的期望。

我說：「現在的我一點過去也沒有，如果給出感情可能也是沒有基礎，那怎麼辦呢？」

沈之浩停下腳步，「說不定，以空白作為基礎，反而會因此看得更清楚。」

「那如果太過清楚而只看見那個人怎麼辦？」

「那個人會很開心吧。」沈之浩是臉紅了吧。雖然太陽很大，但那是臉紅吧。

「我是不是太積極了一點啊……」低下頭看著我的左手和右手，大概這也是我第一次這麼主動釋放愛情的意念。

「不會。」沈之浩的回答異常的快，就像是根本沒有經過思考時間一樣，我想的確是沒有經過思考。「嗯、我是說……不會。」

不過就是換了個比較平穩的語調，所以我又忍不住地笑了。

「失憶也是有好處的呢。」

「什麼好處？」

「想要的，可以不用多作考慮就說想要呢。」

「是嘛……」

如果沈之浩這時候問我「那妳想要什麼呢」，說不定我會很直接的回答「你」，但我想這也太過明目張膽了一點。

「但是不想要的，就算說不要，好像也是沒辦法吶。」

「不想要的？」

「就算刻意走那麼慢，圖書館還是到了。」就算圖書館還沒到，他的午休時間也要結束了。

他似乎根本沒發現圖書館就在眼前這件事情，所以看見我們兩個人已經走到圖書館外的階梯時，還確認了一下眼前的建築物究竟是不是自己工作的場所。就各種方面來看，真的是很老實的一個人呢。

「妳星期四會來嗎？」

「嗯。如果沒有颱風的話。」現在是冬天呢。

「那個……我可以跟妳要手機號碼嗎？就是，說不定突然有什麼事情可以聯絡。」

「沒事就不能聯絡嗎？」

「不是這樣，是、這樣不會打擾到妳嗎？」

「很閒的，這種狀態下，生活反而變得很空閒呢。」

我和沈之浩交換了手機號碼，他又帶著靦腆又爽朗的笑容揮了揮手，慢慢地走進了圖書館。我一直在想，靦腆和爽朗在他身上怎麼可以結合得那麼微妙，就像是那樣的笑容弧度，如果不是他，就不會讓人那麼心動。

心動？

果然很糟糕呢。

搭上捷運之後，立刻就收到沈之浩的簡訊，很簡短的「謝謝妳陪我吃午餐」，我並沒有回覆他，不是想吊他胃口，單純只是因為看見了那個人。

「欸，鼠輩。」

「幹嘛，失憶女。」

「你為什麼會在這裡？」

「捷運只有你們人類能搭嗎？我們鼠輩就沒有鼠權嗎？我可是正正當當用悠遊卡嗶進來的。」

這就是張晨皓，回答人絕對不採用簡潔方式，並且是藉由扭曲的路徑來進行回覆，而很不幸的他是我堂哥。

他也是唯一一個知道我假裝失憶的人。

並不是感情好到「只告訴他」，而是這個鼠輩具有跟一般常人不一樣的思考邏輯跟眼光，所以三兩下就發現我失憶是假的，但他實在太過冷淡以至於完全沒有揭穿的打算。

我們也不是感情不好，雖然是堂兄妹，但其實根本沒有那種手足的感情，大概就是惡毒來惡毒去，只是恰好我對了他的調調。就是這麼簡單。這個鼠輩行事比地球上百分之九十以上的人都還要我行我素。

「隨便啦。對你的事情沒興趣。」

鼠輩聳了聳肩，也是一臉不在乎，他就是這副天塌下來都壓不到他的表情讓人討厭，他大概本來就不打算理我，繼續低下頭翻著他手上的書，我也把視線移到了旁邊一個打瞌睡的女學生上，也慢慢地進入發呆狀態，但突然鼠輩絲毫沒有感情起伏的聲音讓我瞬間清醒。

「沈之浩。」

「什麼？」他是跟蹤我還是有超能力？

「吃飯的時候看到的。學校附近。」我突然想起來鼠輩也是那所大學的學生，現在還死賴著念研究所。「他跟我同屆啊，之前辦活動的時候認識的。」

我怎麼可以這麼倒楣。

「妳跟他在一起喔。」鼠輩對這種事根本沒興趣，但就是有一堆女孩子被他的外表騙了，還有誤讀了他的冷淡為低調。

「還沒啦。」但跟鼠輩在一起，說出什麼時候都無所謂，反正他根本不在乎。對於越是在乎的人，我們反而更無法說出心中的想法。因為擔心對方的心思，也害怕是不是任何言語都可能造成動搖或者傷害。

「那妳不要臉一點沒關係，那傢伙，嗯、陽光木頭男，大概是這樣吧。」

「謝謝你喔。」雖然很不想承認，但是鼠輩的眼光一向，很切中要害。

但既然鼠輩認識沈之浩，「他在大學是怎麼樣的人啊？」

「跟現在應該沒兩樣吧，他應該不是一個會變太多的人。」

有答跟沒答一樣，「我是說，大學生活、人際關係、社團等等，這樣夠清晰嗎？」

「妳就直接說要情報不是比較乾脆？就不懂妳們女人為什麼要花那麼多力氣在繞來繞去上面，也不願意多花一點腦細胞在邏輯推演上。」這隻鼠輩等一下走出去一定會被所有的女人痛打，「就對人很好啊，做事很認真，就是學校裡會受歡迎的那一種人啊。平常很體貼，但是遇到感情，不知道是真的遲鈍得太過頭，還是刻意裝傻，常常在別人開口之前就發了朋友卡。但我跟他也不熟，活動啊社團生活妳問他比較快吧。」

陽光木頭男。鼠輩的這個註解居然很密合地貼在我對沈之浩的印象上。

「妳失憶遊戲是要玩多久？」

「關你什麼事？」

「只是好奇。妳這麼一般性格的人，怎麼會有這樣的突發奇想。」

「謝謝你喔。我就是因為生活太無聊了，這樣的回答你還滿意嗎？」

鼠輩看了我一眼，打了一個呵欠。「既然造成了其他人無謂的擔心，至少妳要有更多的努力。」

他剛剛說的話，是不是有一點勵志的味道？我瞇起眼觀察著又低下頭看書的鼠輩，我很想跟他說，正因為看見了他們的擔心，所以無論如何都會更努力吧。

至少，我決定先從愛情這一塊努力起。

「失憶女。」

「幹嘛啦？」鼠輩又是有什麼心血來潮了？

「我好像記得，有一個女孩子一直很喜歡沈之浩。」

「然後呢？妳是想說可能會有八點檔劇情上演嗎？」

「我不看八點檔。」鼠輩冷冷的擋了回去，「她跟沈之浩關係很好，只是想先提醒妳而已。」

鼠輩早我一站下車，雖然我們家住得很近，但是他習慣散步回家。他在哪一站下車不關我的事，但我腦中確實繞著他剛剛說的。「沈之浩有個關係很好的女孩子，而且那個女孩子喜歡沈之浩」，這件事情上，雖然鼠輩說的順序不一樣，但我重組之後的排序是這樣的組合。

儘管這樣，我也還是回了「很好吃的午餐」，這樣的簡訊給沈之浩。

在人群之中魚貫地走出了車門，機械性地拿出悠遊卡走出閘門，很弔詭的狀態，在那麼空曠的空間裡，我不得不跟那麼多陌生人分享站立的位置，即使不願意還是會被觸碰到也許是衣服也許是肌膚，又或許只是用著他的呼吸或者聲音作為空間侵略的手段，唯有在相對最狹窄的閘門，反而得以擁有個人的私我空間。

就算短暫得連停留都沒有辦法，但仍然是唯一讓我感到空曠的位置。

也因此，我們都試圖拉長這樣的停留，即使是零點零一秒也好，如果能夠呼吸到私我的空氣，也許才能真正察覺自己。

就算不想前進，還是會被後面的人群逼迫著跨步吧。

甩開了鼠輩剛剛說的話，我都已經那麼用力地拋開過去了，就不要在乎那麼多雜七雜八的事情了。只要相信我自己體會到的就好。

打開了家門，只有姊姊一個人坐在餐桌上喝著紅豆湯。

「我回來了。」

「小悅妳回來啦，要不要喝紅豆湯，剛剛熱好的。」

「我肚子還很飽。」光吃那些小菜就夠飽了，老闆不知道是太過熱情，還是藉機想湊熱鬧，總之中途送來了很多「加料品」。

「這樣啊。妳最近都在做些什麼呢？」

姊姊跟我差了五歲，不是很大的差距，但也不是能夠親暱的打鬧那種相近，尤其姊姊又比一般同齡的人成熟很多，所以有時候總感覺我有兩個媽媽。一個打溫情牌，另一個走理性關懷路線，而姊姊是後者。

「就到附近晃晃，到書店，到圖書館，前幾天還有遇到小芹，所以跟她去喝了飲料。」

「雖然不想認定是因為失憶的關係，但是小悅這陣子感覺開心很多呢，雖然比較安靜，但真的不大一樣。」

「開心？」我看向姊姊，「我以前很不開心嗎？」

在姊姊的眼裡我並不開心嗎？

「並不是不開心，只是會考慮很多事情吧，每個人都是啊，因為在乎的很多，所以很多時候就放不開了。」

這也是失憶的好處之一。兩個人可以像談論第三人一樣，談論著「過去的小悅」。但如果這個話題繼續下去，我很擔心自己會不會因為隨著姊姊的感性而露出破綻來。

所以我決定轉移話題。

「剛剛在捷運上，遇到鼠……遇到堂哥。」

「阿皓嗎？」拜託不要這樣叫他，我不想在想起沈之浩之後會自然聯想到那隻鼠輩。

「嗯。」

「也很久沒有看見他了呢，你們感情很好呢。」

我跟鼠輩感情很好？是我和他什麼時候傳遞了錯誤訊息給姊姊，還是姊姊想趁我失憶的狀態，灌輸我跟鼠輩感情很好的印象。

「是嗎？」但假裝失憶的壞處就是在於，很想反駁的時候並不能反駁。

「嗯。雖然常常鬥嘴，但很關心對方呢。」才沒有。「你們聊了什麼嗎？」

「愛情。」

「愛情？」姊姊明顯是愣了一下，我就說吧，鼠輩給人就是感情絕緣體的印象。「例如呢？」

「他鼓勵我去交男朋友。」要我積極一點，也是可以這樣解釋的吧。

「不錯的建議啊。趁著什麼都不需要考慮的時候，好好談一場戀愛也不錯，而且一定會是很特別的戀愛吧。」

「為什麼？」

「因為從零開始啊。不覺得很浪漫嗎？在妳嶄新記憶之中，他是妳第一個愛上的男人。」

我怎麼都不知道，原來姊姊這麼少女。

03

連續好幾天都好冷，所以我也好幾天沒有出門，因為我怕冷。

但因為今天是星期四，因此我還是穿上了一件又一件的衣服，帶著已經看完的書，走上那條已經太過熟悉的路徑。

這幾天偶爾和沈之浩交換幾次簡訊，並不是很熱烈，大概是因為我總是覺得不知道怎麼回，就沒有繼續回覆。但我不想沈之浩因為回覆而回覆。

沈之浩並沒有打電話給我。雖然已經在意料之內，但人總是會期待會不會有意料之外的事情發生。

這麼想著想著，不知不覺就已經走到了圖書館的門口。

才一踏進圖書館，就看見坐在櫃檯的沈之浩對我揚起燦爛的笑容，輕輕地回了他一個笑，就把手上的書遞給他消磁。

「今天很冷吧，想說不知道妳會不會來。」

「已經跟你說了我會來。」

「嗯。」接著他低下頭從包包裡不知道拿出什麼，「所以我買了暖暖包。」

「只有我有嗎？」大概這就叫做得了便宜還賣乖吧。

「嗯。只有幫妳準備而已。」邊說他的聲音就越來越小。

「謝謝。」拿起了沈之浩放在我面前的暖暖包，我慢慢走向自己已經開始習慣的位置。

那個位置看不見沈之浩，但或許因為看不見，所以更不能專心吧。

「哈囉。」突然我的旁邊坐進一個看起來大概高中年齡的女孩，甜甜地跟我打招呼。我輕輕地點了點頭，就把視線放回書上的文字。

「我是阿浩的朋友。」

「哪一個？」因為太過突然，所以我根本沒有思考太多，就這個層面來看，謊言沒被拆穿大概比幸運還要幸運。

「有很多個阿浩嗎？嗯，我指的是沈之浩。」

所以眼前這個女孩子就是鼠輩說的「那個女孩」嗎？但是看起來就像高中生一樣。

「我是他高中同學，大學也同校，大概是最親近的一個女性朋友吧。」所以是下馬威？

「嗯。」

「阿浩很喜歡妳。」

「什麼？」為什麼事情的發展跟我預料的都不一樣？這種話不應該是「假想情敵」會說出來的吧。

「這樣下去妳遲早會遇見我的啊，倒不如先打招呼避免誤會，我最不喜歡這種誤會了。」她的笑真的很甜，大概我很用力地學也只會變成東施吧，完全跟我不同路線。「不過我是偷偷來的，阿浩不知道。」

「真是偏心耶，認識他那麼久，從來沒有送過我暖暖包。」她曖昧地靠向我，「那傢伙這次意外的積極呢。」

「嗯？所以他平常更遲鈍？」糟了，我不是故意的。

「哈哈哈，妳好可愛，剛剛遠遠的看還以為妳是那種很精明的冰山美女，沒想到這麼坦率。那傢伙談戀愛都嘛細火慢燉到對方滅掉，不然就是別人看不下去幫忙加柴火，所以這麼受歡迎的人，只有談過兩次戀愛喔。」

「是嘛。」怎麼，聽起來有點讓人開心呢。

我以前應該沒有這麼單純好哄才對啊。

「不過他這次主動來問我耶，像是：怎麼樣能讓女孩子開心啦，或是對方很自在但自己有時候會說不出話來，會不會讓對方討厭啦，這種根本是少男的煩惱，差點害我笑死。我還是很努力的才能說出，『只要認真想著對方，就會知道要做什麼了』，沒想到他策略還滿棒的呢。」

這時候我該接什麼話？所以我決定跳過她這段不知道是在調侃還是讚許的話。

「我還不知道妳的名字，我是小悅。」

「叫我小不點吧。雖然是外號。」雖然這個外號很適合她高中生般的外表，但事實上眼前的「小女孩」年紀比我大吧。「妳跟阿浩是怎麼認識的啊？他這次打死都不招耶。所以我只好自己來啦。」

雖然這時候就能感覺到一點端倪，但後來我才知道，小不點的好奇心跟行動力不是常人能夠想像的，尤其是在惡作劇這一塊。

「在圖書館認識的。」

「這樣啊，完全沒辦法想像耶，那傢伙搭訕妳？還是……妳搭訕他？」

「嗯、都有吧。」

「怎麼辦，我好喜歡妳喔。」小不點突然抱住我的手，「以為自己很精明但事實上傻傻的，好可愛喔。」這是誇獎還是？

所以最後我決定聽進「我好喜歡妳喔」跟「好可愛喔」這兩句話，中間那句話毫不猶豫地就忽略。反正不是很中肯。

「那你們到什麼程度了啊？」小不點曖昧地看著我。

「程度？我們也只見過幾次面，吃過一次飯而已。」

「很快嘛。」這樣還算快？那沈之浩談的都是龜速愛情嗎？「通常阿浩都會是認識了幾個月之後，才會跟對方單獨出去吃飯耶。」

「基於這次阿浩那麼積極，那我也給妳一些情報好了。」

「情報？」

「嗯，對啊。」接著小不點就開始數著，「他有一個爸爸一個媽媽，還有一個跟他完全不像的哥哥，全家人都很好喔。談過兩次戀愛，一次是因為對方覺得他太過溫吞而跟別人跑了，另一次好像是因為兩個人都覺得不像戀人了，所以就分手當朋友。喔，對了，他最好的異性朋友是我，最好的同性朋友是一個叫做品逸的熱血男，不用太在乎他沒有關係啦。對了、對了，還有一個關係比較特別的，他也叫阿皓耶，雖然不是那種很常出去那種，但關係很好的樣子。還有什麼呢……喔，他每天都會跑步，不過我也不知道這算是優點還是缺點，大概就是這樣吧，總之阿浩是很簡單的人，妳不用太擔心啦。」

我沒有擔心這一點，我只是聽見沈之浩跟鼠輩關係很好那一段有點心驚膽跳，也說不定那個阿皓不是鼠輩對吧。

「關於那個阿皓，就是另一個阿皓……」

根本不用等我接下去問，小不點很開心地滔滔不絕。「他很帥喔，對每件事情都有自己獨特的角度，冷靜又聰明，怎麼辦我好喜歡他。」

為什麼非得要在我的愛情裡湊進鼠輩，而且從小不點口中說出的優點，根本就是從扭曲透鏡得到的失真影像。

算了、算了，不關我的事，我什麼都沒聽見。

「我是指，這個阿浩跟那個阿皓的關係。」

「喔，也對喔。」小不點甜甜地笑了，「不是很常出去那種，也不是一起玩樂那種，好像偶爾會吃飯打球聊天這樣，不過這個阿浩曾經說過，他很信賴那個阿皓。所以我想關係不錯吧。」

鼠輩明明說他跟沈之浩只是認識而已。

「那——」

「小不點，妳怎麼會在這裡？」

在我正打算釐清鼠輩將會在這之中扮演什麼角色的時候，話題的男主角略帶驚訝的聲音，打斷了我跟小不點的「閒聊」。小不點露出甜甜的微笑，試圖蒙混過去，但沈之浩大概從看見小不點的那瞬間，就知道小不點來這裡的目的了。

「妳又亂說了什麼？」

「小悅，妳看吧，他很容易就臉紅了吧。」

「妳不用上課嗎？」

「研究所課很少啊，而且我都快畢業了。」小不點站起身，「放心啦，我才不打算當電燈泡。小悅掰掰。」

「嗯，再見。」

「暖暖包策略不錯呢。」小不點拍了拍沈之浩的肩，很快地就跑走了，留下有點愣住的我和臉越來越紅的沈之浩。

「那個、嗯，抱歉，小不點她很愛湊熱鬧，所以……」

「她很可愛啊，而且給了我很多情報。」

「情報……？她一定又說了什麼奇怪的話對吧。」

「都說你的好話喔，你不用工作嗎？」

「因為午休時間到了，」因為小不點的突然出現，我根本沒有發現時間過得那麼快。「所以，想問妳要不要一起去吃飯。」

「嗯，好啊。」

這次我們坐在公園的長椅上吃著便利商店買來的便當跟關東煮。

不是沈之浩的提議，而是因為突然發現今天的光線特別柔和，就算冷得莫名其妙，我還是想坐在公園吃午餐。

「不冷嗎？我怕妳會感冒。」

「你不是給我暖暖包了嗎？而且我都包得像熊一樣了。」

「如果妳覺得冷的話，記得要說喔。」

「要是我真的覺得冷的話，告訴你之後，就把我拎回圖書館嗎？」

「如果不想到圖書館，我的外套可以借妳……」如果後半段的話流暢又大聲一點就完美了。

「那這樣你不是會冷嗎？」遇到沈之浩就很容易得寸進尺呢。

「嗯，我其實沒有很怕冷，所以不用擔心我沒關係。」

「我很怕冷呢。」

「那妳先拿著熱湯。」接著沈之浩就把關東煮的碗塞到我的手裡，又因為發現自己抓著我的手，很快地放開假裝什麼都沒發生。

「你可以坐過來一點，這樣比較溫暖……」

捧著熱呼呼的關東煮，我的臉不知道為什麼突然變得很燙，我沒有抬頭，就這樣盯著冒著白色煙霧的湯碗，接著感覺到沈之浩默默移動了位置，恰好移動到會碰到對方，但卻不是那麼靠近的距離。

「還會冷嗎？」

「現在不會。不知道等一下會不會覺得冷就是。」我喝了一口熱湯，明明認識沒有很久，卻覺得待在他身邊就會有一種很安心的感覺。「你跟小不點認識很久了嗎？」

「嗯，從高中就認識了，她常常拿我當擋箭牌。」

「擋箭牌？」

「遇到不喜歡的追求者，就說自己暗戀我很久了，所以到現在還是有很多朋友以為我們兩個在交往，」突然他有點緊張的轉頭望向我，「我跟小不點真的只是朋友而已。」

我跟沈之浩的位置離得很近，所以他這樣一個轉頭跟側身，加上我因為他突然改變的語氣而跟著轉頭，就、就變成兩張臉突然貼靠得很近，而兩個當事者都因為這樣的姿勢而愣住，隔了很久才反應。

幾乎是同一瞬間，我跟沈之浩別開了頭，但是他剛剛的呼吸卻彷彿還停留在我的臉上，明明就是那麼冷的天氣，我卻感覺越來越熱。

「那個，我的意思是，我跟小不點真的只是朋友而已。」

這個人也可愛過頭，在這樣的情況之下，居然還很堅持的強調這件事情。我可以私心的解讀為他很怕我誤會吧。

「嗯，小不點也這麼告訴我。」而且還意外地知道鼠輩是小不點的菜。

「我只是有點擔心，嗯、因為小不點很愛惡作劇，所以怕她跟妳說，她是我女朋友。」

「為什麼不想要讓我誤會她是你女朋友？」

「因為、因為……」我想沈之浩因為了半天，也因為不出個所以然來。

「其實你很會說話啊，為什麼遇到這類的事情就變得這麼靦腆呢。」我用著不大不小的音量，但沈之浩絕對能夠清晰的聽見。「到底你是害羞還是太過遲鈍呢？」

「大概，兩者都有吧。」這個男人也太過誠實。

「你討厭說謊的人嗎？」

湯的熱氣越來越少，所以能夠在澄黃色的液體表面上，看見部分的自己，面對這麼老實的沈之浩，就算我假裝失憶這件事情，並沒有影響到他，甚至在我的私心之中，假裝失憶所帶來的影響並沒有多大，然而謊言終歸是謊言。

「要看是什麼樣的謊吧。當然我不喜歡說謊的人，但有些時候說謊也是沒有辦法的事情，只要不要傷害到人就好了。我是這麼想的。」

「我撒了一個很大很大的謊。」

「嗯？」

「足以動搖了我整個世界，雖然我感覺對其他人沒有多大的影響，但也說不定，在我沒有察覺到的地方已經發生了劇烈的改變。」

「為什麼要說這個謊呢？」

「為什麼……」

因為覺得自己的人生太過平凡嗎？因為想給自己一次完全任性的機會？因為想要抓握住本來在自己世界之外的可能性？

因為我想知道，當我不再是我，那麼世界會有所不同嗎？

然而到現在為止所產生的變化裡，在我的視野之中，因為是以我作為起點，本來就已經不同了。

所以我得到了答案。所以我永遠得不到答案。

「因為想知道，如果當我不再是我，到底會有什麼改變。」

「那妳得到答案了嗎？」

「不知道。就算看到了也不知道那是不是答案吧。但是因為這個謊言我遇見了你，你說這樣算是好事嗎？」

「就算是以謊言作為我們相識的起點，我還是相信我看見的妳是妳。」

我還是相信我看見的妳是妳。

「如果你好好努力，一定很會說花言巧語。」

「這是，誇獎嗎？」

「算是吧。」

「那，妳喜歡花言巧語的男人嗎？」

「只要我喜歡那個人，不管是花言巧語或是木訥寡言，只要是他就好。」

我笑著看著他，「但是你都已經那麼受歡迎了，再會花言巧語的話，很令人擔心啊。」

沈之浩的午休時間結束之後，我還是走回起先的那個位置，因為採光並不是很好，所以在這種時間裡就只會有我一個人走向那裡。

但我也只是把自己沒有整理的東西收進包包裡，接著揹起包包就要離開圖書館。我只是想到外面的公園坐著。

「妳要回去了嗎？」

「沒有，我只是想到外面公園坐著看書。」

「但是外面很冷，就算穿很多衣服也還是會冷。」

「那你的外套借我吧。」

「嗯？」雖然愣了一下，但一句話都沒有問，就把他披在椅背的外套遞給了我。

「這樣你下班之後才有理由來找我吧。」

「所以，妳晚上有空嗎？」

每次這種問題，沈之浩都問得很靦腆，而我卻興味盎然地看著他，這總讓我感覺自己和他的角色分配很微妙。

「你看不出來我很閒嗎？」

沈之浩扯開了一個很溫暖的微笑，「如果還是冷的話，就不要待在外面了。」

「你再對我這麼溫柔的話，愛上你怎麼辦。」沈之浩果然臉紅了，雖然我力作鎮定，但還是感覺到自己的臉頰微微在發燙。

「我覺得自己是個不錯的對象……」

如果再繼續這樣交談下去，我怕我會敗下陣來，說不定小不點說的「自以為很精明其實傻傻的」，也是一個切中要害的評論。雖然我一點都不覺得。

我還是覺得自己很精明的。

「你工作加油吧，我就坐在外面的長椅上。」

接著沒等他多說什麼就轉身走出圖書館，自動門打開的那瞬間，竄進的冷風讓我頓時清醒，抱著沈之浩的外套，淡淡的香味撲進鼻尖，為什麼感覺自己臉又開始熱了起來。

最後我並沒有坐在公園裡，而是興起走向了附近的大學，當初我也差那麼一點就能考進這間學校，就擦過邊緣，雖然當初很慶幸不必當鼠輩某種意義上的學妹，但最近卻開始想，是不是那樣我就會早點遇見沈之浩。

然而就算遇見了沈之浩，也還是不會一樣的。我想雖然很多人說著相見恨晚，但如果不是在當下的那個時點，就算不考慮環境，單看自己或者對方，本身就是不同的。說不定反而會說出相見太早的感嘆。

說不定那樣的相見本身就是一種遺憾，但就算明知會留下遺憾，還是想遇見那個人。

尤其是我。就算失憶本身是一個謊言，然而在謊言之中的我卻早已不同，並不是真正的空白，而是一種重新開始的決心。

至少在那之前的我，並不會這麼主動積極。

不知不覺走到了曾經來參觀過的系所，就是在考試前夕老師帶著一群學生走進某所大學，試圖提升學生的動力，然而更多的時候，卻是因為真正踏進之後，自己建構的幻想整個被打碎。

當初以為很美的校園，卻沒有想像中那麼美麗。

沒有一處的風景，能勝過想像的畫面。

「失憶女？」

「又是你？」是有那麼倒楣嗎？老是在路上遇到鼠輩，更扯的是他居然跟沈之浩是「關係不錯」的朋友。

「這裡是我念書的地方，這棟是我修課的教室，不該出現的是妳吧。」

「進來散步不行喔，學校又不是你開的。還有，你不是說你跟沈之浩不熟嗎？」

「我跟他熟不熟有差別嗎？你們要不要談戀愛根本不關我的事。」說到底就是要省卻麻煩。

「還有你說有一個一直很喜歡他的女生。」

「每個人都這樣以為啊，就算不是真的，妳也要先做好聽見這種傳言的心理準備吧。」小不點明明就是對鼠輩有興趣。

鼠輩看了我一眼，「我要去上課了。至於沈之浩，我不會主動提起妳，要不要說妳認識我隨便妳。」

「沈之浩說他很信賴你。」

「大概吧。」鼠輩不在乎地聳了聳肩，真為沈之浩投注的感情感到可惜。「但妳如果真的喜歡他的話，直接一點比較好。」

「你都說他是陽光木頭男了。」

「他大概，對感情很不安心吧。」

「為什麼這樣說？」

「感覺。而且這是妳自己要去發現的，基於堂哥的義務，我已經告訴妳他是個很好的人，但牽扯到感情問題，是你們當事人該解決的。」

鼠輩揮了揮手就走進大樓，留下我一個人抱著一件男用外套盯望著他的背影，看見這個畫面的路人一定會覺得我被拋棄吧。

但這並不是值得關心的重點，每次鼠輩都會丟下幾句意味深長的話語，但這次卻說出了我絲毫沒有感覺到的評論。

……他大概對感情很不安心吧。

所以才會採取這種細火慢燉，一步一步去確認對方心意的速度嗎？

走回公園的途中，我不斷思索著沈之浩與自己，過去的我又何嘗不是對感情保持著不安呢？就算對方說著愛我，或者確實在行為之中感覺到了關注，但不安是源自於內心深處，能消除的只有自己的信任。

並不是不信任對方，或許無法完全信任的，是愛情。

為什麼不能信任愛情？

如果哪個人真正這麼認真地問著我，大概我連一個理由都想不出來，並沒有在愛情受過真正創傷的我，也可能是因為沒有遇到那種會讓人打從內心感動的情感，所以始終懷疑著手中愛情的真實性。

我們都感到不安。無論多麼幸福都還是會不安。

所以我消除了過去的記憶，是不是也能連帶的消除對愛情的種種不安呢？

或者兩個不安的人，是不是更能因為理解而更加碰觸彼此的內心深處？

這些問號，沒有真正擁抱之前，是看不到答案的吧。

04

一直到沈之浩走到我面前，我都只是抱著他的外套，並沒有真正穿上。只要一想像自己穿著他的外套，就有種害羞得莫名其妙的感覺湧生而上，反正我包得已經夠緊了。雖然光抱著衣服我的身上大概就已經沾滿了他的氣味了吧。

剛剛在想，說不定一步一步消除自己過去的同時，連自己的戀愛經驗也一併清空，所以才會變得這麼容易害羞吧。

雖然說可以輕易地做出逗弄沈之浩的舉動，但只要他有所回應，反而受到攻擊的是我。說不定這也能作為越來越在乎沈之浩的證據。

明明認識沒多久。

「小悅？」

「嗯？」為什麼每次沈之浩出現的時點，恰好我都在發呆，所以一抬頭，都是在空白之中映入他的臉。

他知不知道這樣真的很危險，不斷地在空白之中重疊他的臉，最後就只會看見他了。

「不冷嗎？坐在這邊。」

「我剛剛有四處晃。」還遇到不想遇到的鼠界生物，「嗯，謝謝你的外套，快點穿上吧，你穿好少。」

「有運動身體很好所以不怕冷。」

他帶著爽朗的微笑穿上了外套，光看這個流暢的動作讓我臉頰又開始發燙，我一整個下午都抱著那件外套，所以勢必也沾染上我的味道，就算沈之浩沒有發覺或者不在意，這都不會降低我臉上的溫度。

「這種天氣也去跑步嗎？」

「嗯。只要沒有下大雨的話，基本上都會去。」

「我真的很討厭運動。」提早說清楚比較好吧。

「我不會要求對方跟我喜歡一樣的事情。」沈之浩很認真地回答了。

其實這樣的啞謎根本就不算是謎題了，只要兩個人當中的哪個人說出「我喜歡你」這個關鍵話語，很輕易就能手牽手走在路上了吧。

然而沈之浩沒有，我也沒有。

我並不是不想擁有沈之浩的愛情，也許一部分是想拉長現在這種曖昧的時光，輕輕淡淡卻具切感覺到的存在，另一方面在於，再怎麼積極主動，我也沒有辦法在如此短暫的時間內承諾一個人。

我相信存在著一見鍾情，但我沒有辦法成為那一個一見就互許終生的主角。

再怎麼樣，現在這樣也不錯。

「我肚子餓了。」

「那妳有特別想吃的嗎？」

「沒有。」我也只是想轉移話題而已。

「那就先走過去，如果有看到喜歡的店，就停下來吧。」

「嗯。」我站起身，「怎麼感覺，我們見面都是吃飯呢。」

「如果可以的話，星期一我放假，如果妳有想去什麼地方的話……」

「你在約我嗎？」

「嗯。」完全沒有其他話語就直接承認的沈之浩，時間拉長之後還會是這樣的沈之浩嗎？

「之後的你，還會是你嗎？」

「什麼？」本來要跨出步伐的沈之浩，因為我的問句又收回了腳步，帶著一點納悶的表情看向我。

「這樣的你，會一直都是這樣的你嗎？」

「我也不知道。」他輕輕地微笑，「人每天都在改變，但是我希望自己珍惜對方的心情，能永遠都一樣。」

「珍惜……」我喃喃地複誦，「你珍惜的是對方，還是愛情？」

「我都會珍惜。但因為有對方才有愛情，所以可能會珍惜對方多一點吧。」

「沈之浩。」

「嗯？」

「我記憶力很好。尤其失憶的人沒什麼多餘的回憶。」

「嗯。」沈之浩沒有避開我直視的雙眼，反而等待著我接續的話語。

「所以你今天說的話，我全部都會記下來。」

「如果忘記了也沒關係。」他深深地吸了一口氣，看著我的雙眼。「我會替妳記得。」

我跟沈之浩坐在某間感覺不錯的義大利麵店，鵝黃色的燈光和木製的桌椅，四周擺放了小裝飾，恰到好處的裝潢，營造出很溫馨的氣氛。

吃著沙拉的時候，我看見幾顆黑黑的橄欖藏在葉子下，雖然我很努力忽視它們，但越看它們越顯眼，而且鼠輩曾經說橄欖說不定是整盤沙拉裡最貴的食材，所以只要沙拉裡出現橄欖我就會感到一股痛心。

這大概就是放不開的證明之一。

「怎麼了嗎？」

「嗯？」盯著沙拉的我，不是很確定沈之浩問句指的是什麼。

「看妳一直盯著盤子，還有點皺眉，是不好吃嗎？還是？」

「有人說橄欖很貴，但我討厭它們。」跟誠實的人在一起，就會不自覺的變得太過坦白一點。

所以沈之浩笑了。

「那妳打算怎麼辦呢？」

「你幫我吃掉它們好了。橄欖很健康的。」沈之浩沒多說什麼就把我盤子裡的橄欖都叉過去，帶著微笑吃下去。

「跟妳相處越久，感覺越來越不一樣了呢。」

「哪裡不一樣？」我瞇起眼，「厭倦了吧。」

「才沒有厭倦。」我真的不是故意笑出來的，但只要這樣扭曲沈之浩的話，他就會很緊張的澄清，好像我一誤會就會發生大事一樣。「因為一開始妳給人有點疏遠的感覺，但也可能是因為開始認識妳，所以發現妳的個性其實很好相處，而且有一點迷糊，總之很……可愛。」

雖然聽到沈之浩說我可愛很開心，但被一個陽光木頭男說迷糊，讓我都想嘆氣了。

不管怎麼樣，我還是覺得我很精明的。

沙拉盤被收走之後，是巧達濃湯，我對於濃湯這類食物也不是那麼喜歡，我並不是一個挑食的人，只是不喜歡的食物恰好多了一點，但前菜沒有別的選擇，所以我只好邊看著沈之浩的臉邊喝。

雖然感覺有點變態，但這樣會讓我覺得湯好喝一點。

但如果是自己被這樣盯著看，是不可能沒有任何反應的。

「我的臉上有什麼東西嗎？」

「沒有。我只是覺得這樣湯會比較好喝一點。」

通常越誠實的回答越讓人難以接話，這是我從沈之浩身上學到的寶貴經驗。

雖然會覺得對方的回答很莫名其妙，但不知道為什麼卻很容易接受，雖然無法理解，但卻會有種「嗯、好像懂耶」的感覺浮上心頭。

就是這種似懂非懂的微妙狀態，一瞬間讓人不知道怎麼反應才好。

但這是在一般的人的世界裡，既然這個道理是從沈之浩身上學來的，就表示這對他並不是很難理解的狀態。

「那就好。所以妳也不喜歡濃湯嗎？」

「奶製品都不喜歡。」

「這樣啊。」他果然很輕易就能跟處於「過於坦白」狀態下的我溝通，「讓我想起一個朋友，只要是奶製品他都喜歡呢。」

「嗯？」我也認識這樣的一隻生物。不要那麼湊巧我跟他的交集就只有一個人，剛好想起的又是同一個人。

「他也叫阿皓呢。是我大學認識的朋友。」

人生總是在我們希望湊巧的時候什麼都沒有發生，而祈禱不要的時候，偏偏就是那麼湊巧。

「這樣啊。」但是我一點都不想跟沈之浩聊起鼠輩，「你沒有不喜歡的食物嗎？」

「沒有特別不喜歡的，什麼都吃啊，所以我很好養。」

「你在推銷你自己嗎？」為什麼會感覺跟沈之浩越熟的話，我就會越屈居下風了呢。

「做人也是要適時展現一下自己的優點啊，而且我還滿會煮飯的。」

「那我根本不會下廚怎麼辦？」我想會在泡麵裡加青菜跟蛋並不算會下廚，所以乾脆也全部丟掉好了。

「這樣很剛好啊……」

喝了三分之二的濃湯，把料都認真吃完了，我決定留下胃的位置給義大利麵，在把湯給推離我的時候，不知道為什麼沈之浩明顯露出「妳好可愛喔」的表情，我也只是把湯推開而已，難道他也被傳染了花痴病？

因為我偶爾，也是會有這樣的症狀。雖然從一開始我就沒有想要承認的打算。

所以我決定忽略沈之浩莫名其妙的表情。恰好服務生送來了真正我想要吃的主食。

雖然是名為套餐，但很多時候就是因為這種預設的搭配，以及折衷的選擇，讓我們不得不接受需求之外的，又或者捨棄了真正排在首位的搭配，因為人家已經安排好了啊，這麼想著的時候，我們形同放棄了自己的某塊人生。

其實我的食量並不大，那些沙拉濃湯並不是多麼必要，但因為是套餐的關係，一邊想著搭配起來好划算，但事實上本來根本沒有必要多花那些錢。錢不是最重要的問題，而是我們太過習慣去攬下多餘的事物，就因為覺得不拿很可惜。

然而我總會想，什麼都要抓握的念頭一旦浮現，可惜的是我們自己的人生，以及自由。

愛情也是如此，當我們什麼都想要的時候，往往失卻的是最初的純粹。最後失去了最愛的你。

「點了套餐之後常常又很後悔點套餐呢。」

「因為不是自己喜歡的前菜嗎？」

「一部分，但另一部分是其實自己根本就吃不完，可是看著菜單就又忍不住點了套餐。」

「我也常常這樣呢，雖然不是因為食量的問題，但只是覺得划算吧。」

「不覺得愛情也很像嗎？主餐有了還不夠，接著就越來越貪心，到最後就每一樣都不符合期望了。」

「所以只喜歡吃主餐的妳，很值得讓人把握。」

聽見沈之浩突如其來的字句，我愣了一下，除了他這次實在太過流暢之外，也察覺他的動作越來越明顯，明明大家都說溫吞的人，但只要這麼一想就感覺很愉悅呢。

「你果然不是慢熱是悶騷。」

沈之浩也愣了一下，「小不點說，女孩子比較喜歡聽好聽的話。」

「悶騷也不是壞事啊，只是不太習慣你這麼流暢的說出這樣的話來而已。」

「妳總要習慣的。」沈之浩還是沈之浩，關鍵句子都會變得特別小聲，雖然是清晰到絕對不會漏聽的程度。

安靜地吃了好幾口義大利麵，我一直在想，為什麼我會遇見沈之浩呢？

並不是命中注定的那種心動感，純粹只是思考著，為什麼自己會在決定讓全部空白之後才遇見沈之浩，如果在那之前就遇見了他，一切會有所不一樣嗎？

「如果在我失憶之前遇見你，說不定就不會跟你坐在餐廳吃飯了呢。」

「雖然這樣說好像不太好，但幸好妳失憶了。」

「你大概是第一個慶幸我失憶的人吧。」

「說不定，在妳失憶之後會發現很多之前沒有注意到的事情，雖然妳自己可能不會察覺，但周遭的人是能感覺到妳的改變吧。」

我想起姊姊說過我看起來比以前還要快樂。

「所以只要妳照著妳的意願生活，在妳身邊的人都會一起幫妳發現那些改變吧。」

「你好勵志喔。」

沈之浩爽朗地拉開嘴角的弧度，「我是真的這樣認為的。」

「我可以送妳回家嗎？」

「嗯？可是我要坐捷運耶。」

「之後我再坐回來就好，我只是想送妳回家。」

「如果你不會迷路的話就讓你送我回家。」

「如果迷路的話，就可以打電話問妳路了……」到現在我們都還沒有打過彼此的電話呢。

「那你到家之後可以打電話跟我說你到家了。」為什麼還要我幫他鋪路？

我和沈之浩就是這樣進行著有點微妙的對話，一邊走進捷運站，八點多的捷運站人還是很多。一直以來我都很納悶，就算是最離峰的下午兩三點，我也從來沒有一個人霸佔一節車廂過，老實說我很想體驗一個人坐在空盪盪車廂中的感覺，到底是空虛還是自在。

雖然說，當公車裡只剩下一個人的時候，通常是極度不自在，但我想主因是前面還有個正在開車的司機。

當司機一個人開著沒有乘客的公車時，又會想些什麼呢？

過去的我並不會在意這些，當然現在也不是在意，只是會多了一些揣想，或許理解的試圖就是從揣想開始吧。因此我越來越常揣想沈之浩的心思。

雖然是很簡單耿直的一個人，但人不可能像張透明的紙，一眼就能看透，尤其有著在意對方的前提下，就算是透明的紙也可能會得到失真的結論。

「你今天晚上不用跑步嗎？」

「我現在開始改到早上跑了。」

「為什麼？」

「如果要約會的話，通常都是晚上……」

「約會？跟我嗎？」

「如果妳不覺得這是約會的話，但換成聚會或是簡單的吃飯都還是在晚上。」

所以是為了我？

我抓著捷運上的鐵桿，看著他靦腆的微笑，他並不張揚自己的改變，如果我沒有問，大概他也不會主動聊起。但眼前的這個男人，確實是為了自己改變了生活的某個部分，默默的但會讓人感到淡淡的感動，這份淡淡的感動並不是指深度太淺，而是像氤氳的霧氣一般，很輕、沒有壓迫，卻能包裹整個身軀。

「這樣不會不習慣嗎？」

「一開始有一點，但跑個幾天反而覺得早上空氣更好。而且只是改變時段，沒有多大差別啦。」

或許沈之浩認為這並沒有什麼差別，但通常我們不願意改變的最大原因正是因為「沒有差別」。既然連自己都覺得沒有差了，何必浪費氣力去改變或者移動？越是微小的環節，願意去做的人，很輕易就能打動對方吧。

至少，現在的我很感動。雖然眼前的人好像一點都沒有察覺到。

對方越是無心的動作，越能引起自己的感動。

再這樣下去，我可能會決定立刻霸佔沈之浩也說不定。

「一直以來都是這樣的嗎？」

「怎麼樣？」

只要我說話的時候，沈之浩一定會把專注力全部投注在我的身上，並且看著我認真地聆聽。光是這樣的「前置作業」，能好好做到的人，大概不是那麼容易能遇到吧，就算是我自己，也常常敷衍地聽著別人說話，以為不管怎麼樣我還是聽進去了啊，但事實上卻有著根本性的不同。

大多時候我們說的話語都是沒有意義的，說話本身的意義只在於希望對方能夠聆聽。也就是想得到那份專注罷了。

為什麼我們那麼努力想得到的，沈之浩可以這麼簡單就給了我？

「這麼貼心。」

「貼心？」沈之浩好像又臉紅了，「不是對每個人都這樣啦，而且真的沒有特別做什麼，我也想多跟妳見面……」聲音又小了。

這樣的沈之浩，真的好可愛。

「總感覺跟你相處越久，以後會對找男朋友的標準提越高，這樣如果找不到男朋友怎麼辦？」

「其實也不用去找別人啊……」

「那要找誰啊？」

「有時候身邊的對象也是不錯啊……」

如果沈之浩這句話說得大聲一點的話，我可能會更得寸進尺的拋出問號，但據我的判斷，當他的回答音量已經達到了這種快要聽不見的邊緣時，就還是暫時止住比較好。反正，這個男人的「進步」意外的快，說不定沒過幾天，說話變小聲的症狀就會痊癒了。

在人群之中走出了捷運站，雖然我家並不遠，但和沈之浩一起走著，差一點覺得其實我家就在捷運站旁，好像沒說幾句話，就已經到家了。

「過去那間房子就是我家。」

「嗯。」站在路燈下的我和沈之浩，這是最適合發生什麼的場景了。

「那我先進去了，你回去也小心一點。謝謝你送我回來。」

「我到家之後會打電話給妳……」

「嗯，我會等你電話。」

「小悅，我……」

「嗯？」望著在燈光下的沈之浩，突然有種他在閃閃發亮的錯覺，就算知道光線來自於路燈，卻還是不自覺的會將其視為沈之浩的光芒。

說不定，在我眼裡的沈之浩，一直都是這樣閃閃發光的，只是通常陽光太強，連我也沒有察覺到。

「我真的很開心能夠認識妳。」

「早知道今天就不戴手套出門了。」

「嗯？可是今天真的很冷。」沈之浩完全抓不到我突來話語的出發點。

「不戴手套手就會很冷……」

像是突然理解我的話意，他的臉上出現了有些壓抑的笑容，如果不是那麼暗，大概又能發現他臉紅了吧，雖然事實上我也是。

不戴手套的話，他就能牽我的手了。

「下次見面可能還是會很冷……」我就說沈之浩的「進步」相當快吧。

「那我可能會忘記戴手套……你快回去吧，晚上越來越冷了。」

「我看著妳走進去之後再回去，這樣，比較放心。」

才差兩步路，但就是這樣兩步路的關心，比什麼特別的舉動都來得觸動人心。

「嗯，晚安。」於是我轉過身，大概，連背影都很愉悅吧。

「我回來了。」

才剛說完我回來了，坐在客廳看電視的姊姊就帶著饒富意味並且極度曖昧的眼神看著我，她八成是看到沈之浩送我回家了。

她很有耐心地問我要不要喝熱湯，或是吃點什麼，但從頭到尾就是用著那樣的目光，什麼話都沒有指涉，但就是這樣反而最壓迫。

全世界的人都知道她的目的，但她卻一句話也不說，只是奮力地把氣氛拉到最緊繃，最後標靶被迫投降，她就能帶著愉悅的微笑說：「是妳自己要告訴我的，不是我逼妳說的喔。」

這就是壓迫的最高境界。

所以我投降了。因為姊姊很乾脆地阻斷我要躲回房間的逃避方法。於是我乖乖坐在沙發上，喝著她倒給我的黑糖薑汁。

「是我在圖書館認識的人。」

「光認識就讓他送妳回家啊？以前的小悅都要到兩情相悅才會答應被送耶，雖然說失憶了，但應該……」

姊姊大概是最坦然接受我失憶這件事的人，也幸虧她常常若無其事的聊起「以前的小悅」，不只讓我知道了過去在他們眼中的我，以及連我自己都沒有發現的面向；但只讓自己有好感的人送回家這件事，我自己也相當清楚。

「吃過幾次飯，他人很好……」

「所以，妳對他有好感嘍？」豈止好感，都想霸佔人家了，但如果這樣告訴姊姊，她可能會逼我去霸佔沈之浩。

我那天才發現，一向很理性聰穎的姊姊，在愛情裡其實是很夢幻的。難怪姊夫那麼疼姊姊。

「嗯，大概吧。」

「下次請他到家裡喝茶吧，我會支開爸媽的。」我才不要，姊姊的意思就是她想要鑑定人家。

「我跟他沒有熟到那種地步。」

「他是什麼樣的人啊？嗯，類型啦，個性啊，不可能光是人很好吧。」

通常我們在追問別人八卦的時候都會很開心，像我以前也常對朋友做這種事，畢竟女孩子關心的話題百分之八十都是戀情，但當自己成為被追問的那個人的時候，就會懷有想要攻擊對方的卑劣心思，但也混雜著希望別人探問的虛榮。

並且當角色又再度對調的時候，通常我們絕對不會將心比心。八卦比同理心的順位前面太多了。

「很爽朗，滿貼心的，但有點溫吞。」雖然進步速度意外的快。

「貼心的男人啊……我最喜歡這種類型了。」姊姊都已經有姊夫了，還說這種話。「不過溫吞的男人，小悅妳要積極一點，要不要姊姊幫忙啊。」

我想姊姊的重點是最後一句。

「我覺得目前這樣就很好，而且真的也才認識不久。」

「愛情有時候是要靠衝動的，」這是理性的姊姊說出來的話？「而且有時候拖越久，被搶走的危險性就越大。」現在在危言聳聽？

「如果能被搶走的，就不是真正的愛情吧。」

「有時候被搶奪的並不是愛情，而是那個人。」

「不懂……」

「愛情是奪不走的，但如果對方因為在妳身上消磨太久，積聚的不安只會越加膨脹，最後為避免受到更大的傷害，所以選擇離開，被搶走可能只是恰好有個人捧著看似可以療傷的愛情靠近他，就算沒有人來搶，說不定他也會自己離開。」

所以這就是沈之浩細火慢燉時常會滅掉的原因嗎？

姊姊說：「我們要的並不是承諾，而是確定感。」

「確定感……？」所以過去的我對愛情的無法完全信任，也是源自於心中無法完全確定嗎？

「不過，愛情是要你們兩個人自己去體會，自己去找尋平衡點的。」

「嗯。」我喝了一口黑糖薑汁，我喜歡黑糖但討厭薑汁，愛情也是混著自己所喜歡與不喜歡的分子吧。所以我們要調配出平衡的比例。

「好吧，約會應該很累吧，喝完薑汁就先去洗個熱水澡吧，今天真的超冷。」是姊姊已經得到自己要的資訊吧。

就在我洗完杯子，正打算走上樓的時候，手機響了。

然後我的包包在沙發上。

如果匆忙地跑上樓上接的話，姊姊一定會逼供，但在客廳接，姊姊一定會聽到，接著還是逼供。所以我決定很鎮定的邊接、邊講，邊上樓。

「我到家了。」

「嗯。那妳早點睡吧。」不知道為什麼，沒有看著沈之浩反而更說不出話來。

但對方好像相反。

「雖然剛剛說過了，但是我真的想讓妳知道，認識妳真的很開心。雖然之後被小不點說，第一次請妳喝飲料居然是販賣機的熱可可，好像很失敗。」

「那天的熱可可很溫暖。」說不定正是因為那罐熱可可，才讓我以不同的起點認識沈之浩。

「我是想，作為補償，改天請妳喝飲料……」

「改天是什麼時候？」

「後天可以嗎？」最後他這麼說。

「明天就不想見到我嗎？」果然我越來越得寸進尺。

「因為新聞說明天也會很冷，後天會回暖，妳說妳怕冷，所以……」

這個男人，真的會讓人想霸佔。順口說的話，他都好好地記住了，並且很認真地考慮。

「那時間地點你明天再打電話告訴我好了。」這種男人會讓自己不自覺就幫他鋪路啊。

「好。妳早點休息，晚安。」

「晚安。」掛斷了電話之後，掌心留下的雖然是電池的溫度，但沈之浩帶來的溫暖卻在胸口暈開，我也很高興認識他，雖然我沒有這麼對他說。

05

小芹帶了我最喜歡的巧克力蛋糕，雖然很冷但她說就是突然想找我聊天，所以臨時打了電話給我，現在人就坐在我的房間裡。

在那天和小芹見過面之後，我不再推拒朋友的邀約，就如同往常一般，但正因為進入了和平時相同的模式之中，發現夾雜了一個「失憶」的我，確實有著微妙的不同。

不是距離拉遠了，而是彼此以不同的方式更加靠近。

不單單是聊起過去，並且仔細地體驗著當初的感動，由於記憶的回溯大多都會提取美好的那一部分，因此讓我們所見的風景更加美麗。

這並不是一種假象，而是我們比過去更能在不愉悅的經驗之中，看見那些經驗所帶來的正面影響。

像是有一次我和小芹為了活動大吵了一架，重新回想這件事件的我們，得到的卻是從不同切入點的彼此。發生的事實就是事實，但我們可以選擇觀看的角度，銳角或者圓滑面，都只需要我們稍微移動腳步罷了。

「好好吃的蛋糕。」

「是等了很久的網購喔，小悅最喜歡吃巧克力蛋糕了，我記得有一次妳自己吃掉一個八吋蛋糕，實在是太可怕了。」

我都很想忘記這件事，但周遭的人卻印象深刻。通常我們越想忘記的事情，別人越是會幫自己記得。

「是嗎？」我失憶、我失憶，所以什麼都不記得。

「對啊。而且是一個下午一次吃掉。」其實小芹可以不用強調得那麼認真。

「呵，我想，我現在應該沒辦法吧。」

「也是。」於是小芹終於決定放過這個話題，「不過自從妳又開始跟我們一起出門之後，果然就像妳說的，我擔心會失去的並沒有失去，反而藉由不同的形式得到更多。」

「我也從妳們身上得到很多關心。」

「因為是朋友啊。我們遇到問題妳還不是常常比我們還緊張、還難過。」

「是嗎？」

「對啊，平常都很聰明的樣子，遇到感情就會迷糊，而且對朋友遇到的事情比誰都容易感同身受，所以大家都很喜歡妳啊。」

連小芹都說我迷糊……不，不管怎麼樣，我還是堅信自己很精明。

「不冷嗎？還特地過來。」

「超冷超冷的，但這樣感覺很熱血啊。不過，」為什麼我會在小芹臉上看到跟姊姊一樣的曖昧表情？「剛剛在門口遇到姊姊，她暗示我，我們可以聊點關於『愛情』的話題……」

「嗯？」其實姊姊比我還熱衷吧。但只要遇到愛情八卦，就算裝傻對方還是不會放過自己的，尤其是好姊妹。

「妳在裝傻嗎？通常妳裝傻的時候就是真的有這件事，就算失憶了，這種習慣還是在呢。」小芹笑得更張揚了。

「妳不要聽我姊亂說。」

「姊姊什麼都沒有說喔，她只有說我們可以聊愛情。」果然，姊姊之所以為姊姊，還是有她強大之處的。

唉。我在心中嘆了一口足以把自己吹走的氣，如果我可以因而飄走的話，我就可以不用面對這些人的追問了。雖然，說起沈之浩的時候是很甜蜜啦。

但不管我嘆多大口的氣，我還是坐在這裡，小芹也還是用著很熱切的「說吧、說吧」的眼光盯著我。

「他是我在圖書館認識的。」同樣的敘述句為什麼連著兩天都要說。

「然後呢？」女人果然在這時候相似度高達百分之九十九，根本和姊姊如出一轍。

「吃過幾次飯，他人很好……」我說的話也都一模一樣。

「人很好？是怎麼樣人很好啊？不過你們在圖書館那種幾乎不會有豔遇的地方認識，也很厲害耶，是誰先開口的啊？」

「就很爽朗、很體貼，一開始是他跟我說，我要找的書的位置。」

我回想初次見面的那一天，當時的我並沒有對沈之浩留下太過深刻的印象，但又或許只是我「認為」我沒有，畢竟無論怎麼思考，都找不到一個和初次見面的人吐露「我失憶」這樣的一個敘述。

說不定從第一面起，我就希望自己成為眼前那個男人心中一個特別存在。

「是命中注定的那種感覺嗎？就是明明就是很一般的對話，但就是滋生特別不一樣的感受？」居然被很夢幻的切中重點。

「可能吧，我也不知道……」

「天啊，好浪漫，哪天讓我見一下他吧。我也想知道失憶之後的小悅，喜歡的類型會不會不一樣。」這些人私心怎麼都那麼重。

「可是我跟他其實還沒有很熟。」

「所以才要多見面啊，培養感情不是嗎？反正小悅現在也沒有工作或學業壓力，正好是可以好好談戀愛的時間點啊。」

怎麼我感覺，到最後我假裝失憶這件事情，並不是為了重新檢視人生，而是為了這段愛情鋪路？

如果是命定論的人，大概會告訴我，這些都是安排好的，包括我那天早上醒來突然被強烈決心敲擊的瞬間，宣布「我什麼都不記得了」的那瞬間，告訴沈之浩我失憶的那瞬間，都是命中注定的舉動。

總之不管是不是命中注定，終究沈之浩走進了我的生命以及，我左胸口的位置。

「可是，有一件我很在意的事情。」

「什麼事情？」正要叉起巧克力蛋糕的小芹，聽見我這句話又停下了動作。

「他跟鼠輩好像是朋友，因為是同一所大學的。」我在朋友面前很常「提起」鼠輩，所以她們都以某種形式熟知他的存在。

「這樣啊。但也沒什麼不好吧，如果是朋友的話，說不定還能幫上忙，只要不是相互討厭都好辦不是嗎？」

「是這樣沒錯……但一想到自己的愛情要湊進鼠輩，就算關係很遠也不想。」

「小悅妳真的很喜歡想一些有的沒的，妳只要看著最重要的那部分，也就是對方就好了。妳常常就是考慮太多，但很多事情明明不需要花那麼多力氣去糾結的，不過……失憶之後妳還是跟妳堂哥不和嗎？」呃，大破綻。

「沒有啦，我只是覺得，如果我跟他之間，有其他的關係拉進來，會不會變得比較複雜。」

拿起面前的馬克杯，喝了一口紅茶，藉以躲掉小芹的眼光，雖然現在小芹已經不懷疑我假裝失憶，但她也沒有想像中的鬆懈。至少沒有我鬆懈。

假裝失憶這件事情因為太過平順，甚至很多時候連我也在想，有沒有做這件事情最大的影響好像也只是換來這段時間的空閒，所以時間一久最鬆懈的是我自己。

「總之妳不用想那麼多啦，如果對方是妳熟到不行的青梅竹馬，那妳就要因為這樣莫名其妙的原因放棄愛情嗎？愛情的主體是妳和對方，其他的等有時間再想就好了。不管做什麼事情都有順位的，愛情也是。小悅妳做每件事都很有效率，怎麼每次到了愛情都會從最無關緊要的開始做起？」

因為我不敢直接面對愛情。

小芹吃下巧克力蛋糕之後，像是突然竄進什麼靈感一樣，勾起很愉悅但很詭異的笑容朝我湊過來。「我記得妳一開始是說，妳跟對方還沒有很熟，但怎麼現在講得像已經到了愛情，而且是以談戀愛作為考慮的樣子啊？」

再遲鈍的女人在這種話題之中也會變得特別敏銳，更何況小芹是屬於敏銳的女人那一區。太過敏銳了一點。

「就滿有好感的……妳也說我現在時間多啊，所以就想得比較多了一點。」

「多想一點沒關係啦，但重要的是要去實行。尤其愛情是很講究時機的。」

「時機……」

「雖然說真正的愛情當然不會一下就消逝，但兩個人能不能成為戀人是有期限的。」

「不太懂。」我又喝了一口紅茶。

「不是有那種，明明就相愛的兩個人，卻決定不要在一起嗎？或是明明很愛妳，但因為承受不了等待的煎熬，所以最後選擇了別人。總之，雖然這樣說好像很殘忍，但有時候愛情跟成為戀人不一定是疊合的兩件事。所以才要妳把握時機啊。」

接著小芹很開心地笑了，「再說，現在女生主動一點說不定效果更好呢。女人已經沒有愛情必須被動的框架啦。」

全世界的人都鼓勵我主動，如果再不主動好像會對不起全世界那樣。

所以我撥了沈之浩的電話號碼。

「你好，我是沈之浩。」

「是我，你在忙嗎？」

正在納悶是沈之浩沒有注意來電顯示，還是他在短短的一天內就進步到可以完全抵抗我突來的電話，接著他突然緊張起來的聲音，讓我得到前者的答案。

「小、小悅？抱歉我在看報紙，沒有注意來電顯示。」

現在是沈之浩的午休時間。我猜想他現在應該在上次那間小吃店裡吃午餐，因為接著電話的背景聲傳來老闆的話。「是小悅啊，幫我跟她打招呼喔。下次再過來啦，阿浩一個人吃飯看起來好可憐……」也順便讓我知道沈之浩現在是一個人。

「你午餐都沒有跟同事一起吃嗎？」

「妳不要聽老闆亂說啦，一個人吃飯沒有很可憐啦。而且同事大部分都是女孩子，我不太習慣跟女孩子單獨吃飯，如果是一群女孩子就更奇怪了。」

「那你就跟我單獨吃飯，所以我不是女孩子嗎？」坐在床沿，我很愉悅地拉著絨毛熊的蝴蝶結。

「妳當然是女孩子，只是，只是妳跟其他人不一樣啦。」

「哪裡不一樣？」

「老闆一直在偷聽耶，下次再告訴妳好不好。」跟沈之浩相處越久，只會覺得他越來越可愛而已。

「那先讓你欠著吧，但是我記憶力很好的。」

「謝謝妳。」被這樣逗弄還跟我說謝謝，真是太耿直了。「對了，妳打電話給我有什麼事嗎？」

「沒事就不能打嗎？」

「當然可以，只是有點訝異而已。」

「如果說有事的話……」

「嗯？」

「大概就是突然想聽你的聲音吧。」

這種話如果不是透過電話，我想我絕對說不出來，不然就是要等到真正交往了好一陣子，才能順口說出來吧。所以我現在臉很燙，明明氣溫很低卻很熱，但只要一想到坐在小吃店的沈之浩也會因為這句話臉紅，就讓我忍不住笑了出來。

「我、嗯、嗯……」至少這次他已經試圖在無義語詞之中，擺上了一個看似能作為開頭的「我」。

「這樣的理由可以嗎？」反正是講電話，我就算人整個變紅的，沈之浩也看不到。

「什麼理由都可以。而且是很有說服力的理由……」

「但是你都沒有打電話給我，所以表示連這樣有說服力的理由，都沒有嘍。」

「當然不是，不是這樣的，我只是怕打擾到妳。而且，本來已經打算下班之後打電話，跟妳說明天的時間地點。」

「那你就晚上再說吧，我才不要變成是我自己打電話問你時間地點的。」

「好，我一下班就立刻打給妳。」沈之浩怎麼可以這麼可愛。

「最近很多人都跟我說一樣的話耶。」

「一樣的話？下班就立刻打電話給妳？」他有點納悶又有點緊張的聲音，加上完全誤解的內容，怎麼可以讓人這麼開心。

「不是啦。是很多人告訴我，對愛情要積極一點，你也會覺得，我不夠積極嗎？」

絨毛熊的蝴蝶結已經快要被我扯掉了。我起身推開窗戶，但就算是瞬間竄進的冷風，我也還是覺得好熱。

不用十年之後，大概十分鐘之後我就會開始佩服起自己的「積極進取」了。

「是我不夠積極……」沈之浩的回答完全在我意料之外。

「可是就小不點跟我分享的『情報』，已經出乎意料了啊。」說話越說越小聲也是會傳染的嗎？

「愛情是當下的相對關係，不能拿過去的經驗當擋箭牌。而且，我以為女孩子都希望對方主動……」

「是這樣沒錯。」如果以我的觀點推到所有的女孩子的話。

並不是說女人不願意積極主動，而是私心的盼望對方是因為發自內心、出於本意希望能得到對方與對方的愛情，而不是因為自己伸出了手，對方才回應一個擁抱。不管是男人或者女人，我們在乎的從來就不是主動被動，而是假定「當對方主動的時候，才是他真正想要」，所以我們都期待對方能夠往前跨步。

我們只是希望沒有任何原因左右對方，純粹就是「我愛你」這樣的理由，才讓彼此相互趨近。

「你覺得女孩子主動不好嗎？」

「沒有不好，但我怕是因為自己太過被動。」

「我覺得，現在這樣就很好了……」現在這樣的沈之浩，很努力但又有點遲鈍，但不管是努力或是遲鈍，永遠都不會懷疑他的真心。

愛情開始動搖的起點，並非愛意的消逝，而是冒出懷疑的霧氣。

「小悅。」

「嗯？」

「我是一個很遲鈍的人，所以很多時候可能聽不太懂妳說的話，但是，就算現在這樣就很好，我終究還是不會安於現狀的。」

沈之浩一口氣說完這段話，完全出乎我的意料，果然我就說，依照現在沈之浩的進步速度來看，很快就會變成我臉紅得說不出話來了。

果然愛情是攻防戰。

「我是說，現在這樣的進展速度就很好了……」我摸了摸發燙的臉頰，絨毛熊的蝴蝶結不知道什麼時後被扯掉了。「好了，我要去吃飯了。」

「嗯，我下班就會打電話給妳。」

掛斷了電話，但並沒有切斷從沈之浩那邊傳來的熱度，我大口大口地吸著氣，不行、我要沉穩，所以我決定去洗臉。

沖著水的時候，冷卻的是臉頰的溫度，但在胸口持續發熱著的他的話語，並沒有降溫，果然越是溫吞的男人越是危險。

但就算危險，我還是會一步一步的趨向前。

大概，愛情就是這種會讓人不顧一切的存在吧。

因為實在太熱，所以我決定到外面吹冷風。

剛剛花了一陣子才把絨毛熊的蝴蝶結給打上，明明一個動作就可以扯掉。果然弄亂一個東西容易，復原卻格外困難。就像很輕易被打亂的我的心緒，吹了半天冷風也還是沒辦法乾淨的被整理。

就這個方面而言，說不定沈之浩才是強者。

最後我走進了附近的那間咖啡廳，就是上次和小芹談話的那裡。也是我浪費了一杯熱奶茶的費用的咖啡廳。

連考慮都沒有就點了熱可可，大概隨便一間飲料店端出來的熱可可都會比販賣機的飲料好喝，但會被回憶起的，我想也只有從沈之浩手中接過的那罐熱可可，好不好喝已經不是重點，我所能記住的，就只有那一刻的溫暖，以及沈之浩的微笑。

或許，在我有限的記憶之中，也只能記住這麼多了。

我緩緩啜飲著對我而言太燙的咖啡色液體，香香甜甜的味道從舌尖開始蔓延，但吞嚥而下的那一秒鐘，滑落的卻是溫暖。

這樣的溫暖唯有在如此寒冷天氣的對比之下，才能成就能讓人打從內心感動的一秒鐘，我猜想沈之浩的存在也是，因為總是站在太過複雜或者太過迂迴的感情之中，他的直接與毫不掩飾的真心顯得彌足珍貴。

雖然說，現在的我大概也是拿著帶有愛情意味的透鏡看著沈之浩，所以得到的印象絕對是失真的結果；然而那又怎麼樣呢？失真並不一定是壞事，就像是柔焦後的風景，讓人懷有更美好的期待。

我捧著熱熱的瓷杯，出門得太過匆促所以並沒有帶來能打發時間的東西，通常我都會隨身攜帶一本小書，但也正因為這樣，我反而能更加專心地看著周遭的人，看著自己。

失憶之後最大的改變就是自己會開始移動腳步，尋找事物正面的那一個角度，畢竟微笑或者生氣，都只有自己能夠決定。

「小悅？」

「姊夫？」是因為我太閒到處亂晃，因而增加了在路上遇到熟人的機率，還是真的就是這麼湊巧？

雖然姊姊跟姊夫還沒有結婚，但因為兩個人實在交往了太久，所以久了也習慣這麼叫，爸媽也常常忘記他們其實沒有結婚。

「一個人在這裡嗎？我可以坐對面嗎？」

「嗯，當然可以。」於是姊夫拉開了我對面的椅子，坐下之後很順暢地點了一杯熱咖啡。

「我在這邊等芝嘉下班，我們常常在這邊喝咖啡呢。」

「為什麼？」明明家裡離這裡就只有不到十分鐘的路程。

「嗯，想在平凡的日子裡製造一點浪漫吧，我們都交往那麼久了，很多地方都比家人還要熟悉，但唯有這一點是我們的共識，這樣說有點害羞，但我們希望能相愛一輩子，而不單單只是相處一輩子。」

「難怪姊姊看起來那麼幸福。」

「不只芝嘉，我也覺得很幸福啊。」姊夫現在的笑容，大概是因為想起姊姊吧。「但是幸福並不是等待就會有，當然很多人說要追求自己的幸福，但在我的觀念裡，幸福是可以靠自己創造出來的。」

「所以姊夫跟姊姊不斷地在建構自己的幸福嗎？」

「嗯，至少我們很努力這麼做。」姊夫喝了一口咖啡，不加糖不加奶精就是純粹的黑咖啡。「當我們知道妳失憶的時候，芝嘉曾經說過，雖然妳遺忘了所有的記憶，她感覺很難過之外，但某部分卻期待著妳能建構出不一樣的生活。並不是說妳原本的樣子不好，但總感覺有所拘束，芝嘉對我說，她覺得妳這陣子比過去開心而且輕鬆很多，我也是這麼覺得。」

「姊姊是在期待我建構一個新的生活嗎？」

「重點大概不是新生活吧，而是小悅自己建構出來的。」

在我思索的時候，姊夫接起了電話，似乎是姊姊已經下班在回家的路上，於是我編派了好幾個理由，最後還是誠實地告訴姊夫自己不想當電燈泡，揮揮手就推開了咖啡廳的門。

沒有特別想回家的心思，也沒有任何目的地，就當作散步慢慢地走在路上，很冷、但很舒服。

然後我的電話響了。

我想起沈之浩說他一下班就會打電話給我，我看了一下腕錶，果然是立刻。

「喂？」

「是我。」

「你下班了啊。」雖然知道是廢話，但我們總是需要一堆廢話來為真正想說的話鋪陳。

「嗯，剛下班。因為怕妳等。」

「我又沒在等你電話。」這種話就要說得讓對方覺得自己言不由衷才算切中核心。

「那妳明天還願意跟我去喝飲料嗎？」

「你不是都說要彌補那天請我喝販賣機的飲料嗎？」

「嗯。那明天晚上六點過去接妳可以嗎？如果可以順便吃晚餐的話……」居然把晚餐說是順便，然後重點是喝飲料？

「你要來接我喔……」

「如果妳覺得困擾的話，我可以在妳家附近那個捷運站等妳。」

並不是不願意讓他來接我，只是六點這個微妙的時間，不只爸媽會在家，而且那是姊姊平常到家的時間，尤其這幾天姊夫也都在家裡吃晚餐，所以如果沈之浩踏入了我家（正確來說是我姊）的勢力範圍，很容易就被拎進家門「認識」了。

「我不是覺得困擾，是怕你被我家人拎進家，這樣就不是兩個人了……」最後一句話說得很小聲，但我想沈之浩聽見了。

「那我改天再去拜訪，明天就在捷運站等妳嗎？」前面那句話也說得太認真了吧。

「嗯。」我頓了一會兒，「沈之浩，我說，如果你繼續對對方那麼好的話，對方可是會越來越貪心的。」

「其實，我也很貪心的。」沈之浩的聲音比方才低沉很多，「因為我希望得到對方全心全意的愛，所以我會先全心全意的愛對方。」

「對方可能還需要一點時間。」

「妳也知道我動作不快，所以對方慢一點也沒有關係。」

「那我明天除了飲料之外還要吃蛋糕。」雖然一點關連也沒有，但如果再這麼對話下去，我的心緒也許會承受不了。

「好。那我明天，會再打電話給妳，可以嗎？」

「你可以不用問直接打給我啊，我人這麼好，不會不接別人電話的。」

「好。那明天見。」對話結束在沈之浩濃濃的笑意之中，一句簡單的明天見，卻成為期待明天到來的最大動力。

明天啊。如果每一個明天都有沈之浩的話，就表示每一個今天也都有沈之浩，最後就能得到「沈之浩一直都在」的結論嗎？

06

拉了拉大衣的下襬，穿好鞋子之後就在姊姊說著「不用太早回來沒關係」的曖昧口吻中走出了家門，果然天氣開始回暖，但夜晚的路上還是讓人縮緊了身體。

還沒到捷運站就看見了沈之浩的身影，他就靜靜地站在出口旁，望著我家的方向。這樣的目光，無論如何都會看見我走近吧。

我並沒有加快腳步，因為不想讓自己顯得太過期待，另一個原因是沈之浩也緩緩地走了過來。

「你等很久了嗎？」其實我提早到了，但沈之浩更早。

「我也才剛到。」

不知道為什麼，明明就不是第一次和沈之浩出門吃飯，但今天的氣氛卻顯得格外曖昧。也許是第一次特地約好的約會。

約會。只要用上這個詞就讓人緊張起來。

「妳今天很安靜。」

「所以平常很吵嘍？」

「當然不是。」接著沈之浩靦腆地笑了，「只是平常妳會主動聊些什麼，我很喜歡聽妳分享妳的生活跟新發現。」

「不知道為什麼，今天特別緊張……」不是刻意採取誠實策略，是只要遇到沈之浩，就不小心會變得很坦白。

而且讓我緊張的是你。

「老實說，我也是。但這種緊張感，不是很討厭。」

我跟沈之浩就以緩慢的步調聊著最近的生活和心情，大多都是簡單的分享，但這樣越是日常的內容，卻能帶給彼此會心一笑的感受，並且藉由對方的話語逐漸體會對方的生活。

我們都是藉由對方的動作、話語來想像這個人，最後還是希望能夠成為他生活的一部分吧。

最後沈之浩帶我到一間溫馨的西餐廳，空間並沒有很大但感覺很精緻，尤其是服務生的親切笑容，讓人感覺很舒適。我想沈之浩喜歡的店都是這類型的溫馨小店，上次也是，嗯，那間小吃店是太過溫馨了一點。

「你很喜歡感覺很溫馨的餐廳嗎？」

「嗯。」他拉開溫柔的弧度，「我很想帶給對方這種溫馨的感受，我知道我可能沒有辦法很熱情，但我確信自己能帶給對方溫暖。」

接著他又很誠懇地說：「而且這裡的蛋糕很好吃。」

「我曾經一個人吃掉一個八吋蛋糕，」想起自己「正在失憶」，「我朋友跟我說的。」

我想這件事絕對不會被淡忘，所以在沈之浩自己發現之前，我覺得開始把自己的缺點或是「特別」的事蹟都丟出來，反正，總有一天會被知道的。與其造成那種事後得知的麻煩，倒不如一開始就全盤托出，如果對方因為自己某個點而決定後退，至少能在靠得太近之前就離開。

雖然我並不覺得沈之浩會在意，但我承認我很在意。

沒有人不希望自己在對方的眼中是完美的，但事實上我們並不可能完美。能夠在我們的不完美之中看見美麗的人，勢必是會珍惜我們的吧。

「這樣啊，」沒想到沈之浩的表情是一臉佩服，「我可能還做不到耶，我對甜食有點沒轍。」

於是我笑了，自己糾結了那麼久的事情，沒想到居然被他當作什麼厲害的事蹟，雖然對很多人而言這不是多麼丟臉的事情，但人總有一兩個是自己無論如何都跨不過，但別人卻都覺得沒什麼的點。

但是沈之浩認真回應我了。

「大概真的很喜歡那個蛋糕吧。」我邊吃著生菜邊看著裡面黃澄澄的玉米。

「如果真的很喜歡的話，說不定會像吃蛋糕一樣，想完全霸佔那個人……」

服務生送上湯的時候恰好在我語句的末點，還沒給下句點的句子顯得格外意味深長。

霸佔一個人並不是想獨佔他的所有生活，而是能以「最特別」的那個角色進駐他的胸口，大概能很輕易說出「我們家之浩」這種話，而且當自己說出這種話的同時，對方也能產生獨特的感受。

不管怎麼說，就是希望自己是個特別的存在。

「其實不用特別去霸佔，因為是妳的關係，所以對方自己就會全心全意愛妳吧。」

沈之浩這次的聲音並沒有變小，甚至是直視著我把整句話說完，正當我要開始不知所措的時候，他就先害羞地低下頭默默喝湯。所以其實約吃飯是很不錯的選擇，沒有話說的時候、不知道該說什麼的時候，或是害羞的時候，只要拿起手邊的東西默默地吃喝就好。

一直到主餐送上來，我和沈之浩還是處於沉默的狀態，並不是難受的壓迫，而是一種太過曖昧兩個人都需要喘息的暫停。一開始為什麼反而比較自在呢？總感覺這陣子，面對沈之浩有越來越緊張的趨勢。

說不定是因為彼此都在施力拉扯著寫著愛情的繩索，在走近的同時，也會感覺到繩子拉扯自己的緊張感，一直到了彼此面對面的距離，才會鬆開一點但並不是放開；而真正的信任是將繩子簡單地繫在身上，就算身上綁著來自對方的繩索，也能自在地奔跑，兩個人卻仍然是相連的。

所以我們正一步一步的往對方走去。

然而我們的終點並不是對方，而是藉由對方得到更多空間的自己。

在姊姊和姊夫身上，我看見的愛情不是失去自己，而是因為有了對方，更能勇敢拓展，因為知道無論如何自己都不是一個人。

「這邊每道菜都很好吃，而且沙拉沒有放橄欖。」

沈之浩開心地笑了，「妳喜歡就好，因為我對吃不是很挑剔，所以有點怕不合妳胃口。」

好像只要打破了那樣的安靜，就又可以順暢的繼續談話了，這大概就是處於曖昧階段最讓人感到微妙的部分吧。

就像是坐在蹺蹺板上的兩個人，因為某方突然靜止不動，另外一個人為了不讓對方失衡，也跟著停下所有動作，並且小心翼翼避免晃動；然而某一方開始施力，另外一個人就也會跟著拉起微笑開始玩著一上一下的遊戲。

必須全神貫注又有點危險的遊戲，但卻讓人不想停止。

「我姊夫跟我說，幸福是可以靠自己建構出來的。」

「嗯？」對於我突來的話語，沈之浩思考了幾秒鐘。「我覺得，幸福也是可以被發現的。」

「發現？」不是追求、不是創造，而是發現？

「其實每個人的身邊都存在著幸福，只是濃厚程度不大一樣吧，跟人也是有關係啦。」他抓了抓頭髮，「該怎麼說呢，幸福不需要很具體，小小的事物就能引發幸福感，像是冬天的太陽、和路邊的小孩玩耍，這種簡單的事情也能是幸福。還有……就是看見對方的微笑也是一種幸福。」

真是很容易滿足的一個男人呢。

「你想像過幸福嗎？」

「沒有。」他搖了搖頭，「我覺得幸福是不需要想像的。因為我一直都是個幸福的人。」

幸福的人，往往很輕易就能帶給其他人幸福呢。

雖然說晚餐只是「順便」，主要目的是飲料跟蛋糕，但因為實在太撐所以又將這項約會延後，但我想，如果這樣一直延後，也不是件壞事。

我跟沈之浩可以「順便」做很多事情。

「好像都沒有辦法好好請妳喝一杯飲料呢。」

「大概，是要我好好記住，當時從販賣機買來熱可可的那個你吧。」

「不會是很糟糕的印象吧？」沈之浩的語調有些緊張，看著這樣的他，這個男人很容易讓人打從內心的微笑呢。

「很特別。」他有點難為情地笑了，「但是我想，就算和你去過再多間的飲料店，我還是會牢牢記住那個時候的你。因為，那罐熱可可，真的很溫暖。」

「但如果像這樣吃完飯，好像很快就得送妳回家……」

和沈之浩肩並肩走在路燈很亮、車子很多，但卻沒什麼路人的人行道上，看著前方、偶爾轉頭望向他的側臉，這樣子的場景我也不想那麼快就結束。也或許，只要是任何放進沈之浩的畫面，我都希望就這麼定格。

「我出門的時候，我姊跟我說，不用太早回家沒關係。」

「那我是不是應該要找一天跟妳姊姊說謝謝？」

沈之浩突然爽朗的一笑，差點害我心臟漏了一拍。不過就是一個笑容，為什麼我的臉會突然變得那麼燙，我將雙手貼在臉頰上，試圖用冰涼的手降低溫度，雖然路燈的光線不亮，但在發燙的狀態，根本沒辦法好好跟沈之浩說話。

然而沈之浩似乎把這樣的動作誤會成我很冷。

「很冷嗎？」

「嗯？」因為腦袋並不是很清醒，所以當沈之浩跨大一步走到我面前，我也跟著他停下腳步。「冷？」

然後沈之浩似乎又把「冷」後面的問號聽成句號。

所以他拉下我的手，把我的雙手包裹在他溫暖的掌心之中，他低下頭不敢直視我，也幸好他低下頭了，不然大概會發現他眼前的這個女人已經快熱到把身體裡面的水分都蒸發了。

「這樣，應該就不會冷了。」

恰好我們兩個站的位置就在路燈下，我就說這樣的地點很容易發生什麼的。

「嗯。」就算其實我很熱，但就算熱死我也不想讓他鬆開我的手。這個念頭一浮現，才意識到自己其實也早已不安於這樣不遠不近的距離了。

「如果，妳跟其他異性出門的話，記得要戴手套。」我想起上次和他分手那時的對話。

「跟你出門就不用嗎？」糟了，怎麼感覺越來越熱。

感覺他將我的手握得更緊了一點，「如果妳覺得這樣很溫暖的話，其實不用手套也沒關係，但我可能就得到妳家門口接妳，不然妳還是會冷……」

這種又像花言巧語又很現實的話，也只有沈之浩可以說得那麼恰到好處了。

低著頭的角度，剛好可以看見我被他牢牢包裹住的手，我深深吸了一口氣，但卻沒有勇氣抬頭望向他。「冬天很快就要結束了。」

「就算這樣我也不想鬆開手。所以可能會有點熱……」

「我不是很怕熱……」

我終於還是抬起頭，在那一瞬間，我望進了不知道什麼時候開始凝望著我的他的眼，深褐色的眼眸倒映的是我的身影。

「其實我現在很熱。」這句話是我回家之後最懊悔的一句話。

「我也是。」

最後不知道為什麼，兩個人就牽著手走路了呢。

雖然試圖敘述得很雲淡風輕，但事實上那天晚上果然失眠了，一閉上眼睛就全部都是沈之浩的畫面，雖然盯著白色天花板也沒有比較好，但是沈之浩真的就這麼確實的將自己的影像，一次又一次的重疊在我的記憶之中。

「我有限的記憶真的放不了多少，所以，如果有一天，在某一個記憶區塊全部都堆疊上關於對方的記憶，可能就放不開了。」

我想起他送我到家門口的那段話，我看著彼此還不願意鬆開的手，如果、真的無論如何都放不開了怎麼辦？

「其實我的記憶力也不是很好，而且視野很小，所以，也只能放進一個人而已。」

「沈之浩，我記憶力很好的。」

「我知道。」

「所以你說過的話我都會記住。」

「除了我的話之外，可以連我一起記住嗎？」我望著沈之浩，這個男人真的進步得太快了一點。

「就算我不想，也還是會記住你……」

「那能不能讓妳心甘情願地記住我呢？」為什麼現在得寸進尺的角色變成他？

「我不會勉強自己去記不喜歡的事情。」我才沒有說喜歡他。

但是沈之浩開心地笑了，「為了被記住，我想我該努力的還有很多，妳覺得對方會願意看著我努力嗎？」

「你還不夠努力嗎？」我小聲地唸著，「對方本來就一直看著你。」

「你們這樣，只要某一方說個『我喜歡你』就可以在一起了吧。」

因為覺得自己一個人負荷不了這樣的重量，所以也顧不得會被調侃到想攻擊對方，我還是全盤向小芹托出了。

「是這樣沒錯，但是，總感覺不想破壞現在的氣氛。」

「我了解。」小芹不僅大聲贊同，還露出少女夢幻的玫瑰花背景。「就算多一秒也好，也想繼續這種曖昧的甜蜜感。」

喝著媽煮了一大鍋，逼迫著家裡和所有來訪客人喝的黑糖薑汁，看著小芹脫離少女漫畫背景之後，又開始眨著「我想要見他」的雙眼，她所釋放的訊息實在太過強烈，所以我決定別開頭，把目光放在隨便的一個落點。

但小芹有手，而那雙手可以扳過我的頭，並且用她獨特的壓迫力，迫使我望向她。

「都已經到這種程度了，可以介紹給好姊妹看看了吧。」

「這樣有點奇怪……」

「也是。」但我想小芹絕對沒有那麼簡單就會放棄，「那我們去看他吧。他是圖書館員吧，跟姊妹一起去看書，很有氣質吧。」果然。

「三兩下就會被看穿的。」

「看穿也沒關係吧，反正對方也不會因為這樣就跑掉吧。聽起來是個好男人呢。」

「妳特地去看他是要做什麼？」不過就是為了滿足自己的好奇心。

「就是想看啊。順便幫妳鑑定一下吧，雖然妳不大像是會因為愛情而變得沒有眼光的人，但愛情的威力意外的大，所以我也要盡一點好姊妹的義務啊。」盡一點八卦的義務吧。

但無論我怎麼拗都說不過小芹，最後她威脅我，反正隨便推想都知道沈之浩工作的圖書館是哪一間，與其讓她自己一個人去「實地勘查」，我還是認命地跟她一起到圖書館了。

所以我們現在就在圖書館的大門前。今天並不是星期四。

「妳真的非進去不可嗎？」雖然想也知道是白問。

「當然。」小芹異常愉悅地回答，從來就沒有看她那麼喜歡來圖書館過。

我嘆了一口氣，還是跟小芹一起走進圖書館，坐在借還書桌子後的沈之浩一抬頭愣了一下。「小悅？」

他這聲脫口而出，連介紹都不用，小芹就知道「對方」是他。

「你好，我是小悅的朋友，我叫小芹。」

「嗯，你好，我是沈之浩。」

「因為小悅說很想你，所以我們就來這裡了。」

「我哪有。」果然這女人不會放過這樣大好的機會，沈之浩只是靦腆的一笑，正要說些什麼就有其他人來借書，所以我和小芹就走往牆邊的座位。

「王小芹，妳剛剛在亂說什麼？」

「拜託，一看就知道是不能放過的男人，就算再留戀曖昧的感覺也不行，快點把他定下來。」

「妳也太激動了一點。」

「愛情是要衝動的，這樣溫溫吞吞，說不定就會昇華變其他感情了。」

「不會這樣的。」想起沈之浩，嘴角不自覺就會上揚。

「為什麼這麼確定？」

「因為是他吧。」我看著自己的左手和右手，「可能旁人會很著急吧，但是看著他的時候，就會知道他雖然比一般男孩子溫吞了一點，但卻更加確實的慢慢靠近。就像是很踏實地打了穩固的地基那樣吧。」

「張悅寧，妳真的陷下去了。」雖然這麼說，但小芹的表情是曖昧之中帶著很深的笑意。「不過陷下去也好，總比意思意思抱著愛情深刻多了。」

「王小芹妳聽好，現在我說的話妳要是說出去妳就完蛋了。」

「什麼話？」

「讓我陷下去的不是愛情，而是他。」

王小芹真的完蛋了。

因為知道我和沈之浩會在他午休時間一起吃午餐，所以她拍了拍我的肩膀要我加油就回去了，我還以為她很安分的，沒想到她居然把剛剛和我的對話，經過她的「包裝」，送到了沈之浩那裡去。

「她說是見面禮。」小芹不知道在什麼時候抽空寫了一張紙條丟給沈之浩，簡單明瞭的「我家小悅就送給你了」，讓我根本不知道該怎麼反應才好。

「我才不要當見面禮。」

「不然生日禮物可以嗎？我生日也快到了。」

「沈之浩。」我嘟起嘴，雖然沈之浩難得開這種玩笑，但也太讓人難為情了吧。

「第一次看見妳嘟嘴，嗯、很……可愛。」

「我肚子餓了。」大概這樣每次見面幾乎都在吃喝，就是因為讓人不知所措的時間太多吧。

但是我很晚才發現，我跟沈之浩的角色似乎在逐漸對調當中，就是指臉紅跟轉移話題的次數，感覺自己有越來越弱的趨勢。

總之因為我說肚子餓了，所以我和沈之浩就走進了某間隨意挑中的店，是間泰式料理店。坐下來之後我才發現好像有點危險，這樣以後在麵攤吃飯會想起他，在義大利麵餐廳吃飯會想起他，連在吃泰式料理的時候也還是會想起他，最可怕的是，沿路那麼多台販賣機，一看見就會想起沈之浩。

再這樣下去，我就會無時無刻都想著沈之浩了。

「妳今天一直在發呆。怎麼了嗎？」

「我在想你。」

「什麼？」

因為剛好又處在發呆跟意識清醒的交界，加上聽見沈之浩的聲音就變得特別沒有防備，所以一不小心就這麼說出口，而沈之浩的反應則是驚呼了一聲，在那聲驚呼讓我徹底清醒的同時，他的臉上也泛起紅暈，接著我的臉頰也開始發燙。

愛情就是這樣一連串的相互作用與相互反應。

我真的很愛服務生，因為他們都會在這種時刻送餐過來，接著就可以拿起餐具默默地把食物放進口中，過個幾分鐘就可以裝作什麼都沒發生的聊起另一個話題。至少可以暫時說服自己剛剛是幻覺。

「青椒……」因為心不在焉，所以根本沒有注意到自己把青椒連著咖哩飯舀進嘴裡，現在沈之浩看見的我，臉應該是皺起來的吧。

然後他居然笑了出來。

「笑什麼啦。」

「今天，看見好多面不同的妳，而且也知道了妳不喜歡吃青椒。」

接著他居然默默地把我盤子裡的青椒都夾到自己的盤子裡，他不知道這樣的舉動其實很……親密嗎？

而且，沈之浩真的越來越主動了。

「你也越來越不一樣了，沈之浩都不像沈之浩了……」我小聲地嘟囔著，但他聽見了。

沈之浩停下剛要夾起菜的手，認真地看著我。「妳不喜歡這樣嗎？」

突然這麼認真地問我，喜不喜歡這種問題，總不能真的回答他「只要是沈之浩都喜歡」吧。

「我只是覺得樂趣少很多，又沒有說不喜歡……」我越說越小聲，「再說，就算沈之浩不像沈之浩也還是沈之浩。」

故意把這句話說得像繞口令，但溫吞不代表腦袋不好，所以我想他完全的理解我的話意，於是他又拉開爽朗的笑容，還把上次我跟他說喜歡吃花椰菜夾給我；某種程度上來看，其實在我面前的沈之浩是相當透明的，很清楚就能知道自己影響了他的情緒，但卻沒有那種負荷感。

我並不清楚是因為時間還不長，或者是沈之浩本身就能讓人安心，然而現在的我不想考慮那麼多，就看著自己跟他就好。

「不管怎麼樣，我只希望對方記得，在她面前的這個沈之浩，永遠都會是愛她的沈之浩。」

我抬起頭，視線定著在他的臉上，我當然知道這句話是說給我聽的，因此我的胸口突然湧生一股想落淚的衝動，並不能粗淺的歸類在感動裡，而是一種連自己都無法具切說出的感受，混雜著感動、心動，還有淡淡卻很深的幸福感。

我沒有哭。但是霧氣已經聚積在眼眶中。

「怎麼了嗎？」沈之浩緊張地問著。

「咖哩太辣了。」明明點的就是完全不辣的咖哩，所以沈之浩愣了一下，接著用很小的音量喃喃地唸著，但因為我很專注所以不小心聽見了。

「就算是因為感動，我也還是會心疼啊……」

這個時候還是裝作什麼都沒聽見比較好。但是沈之浩總是能輕易帶給我小小的幸福感，正是這樣的小幸福，一點一點的堆疊出我所正要趨近的愛情。沒有高潮迭起，但卻有一股像風一樣輕卻能沁入心底的溫馨感，越小的幸福越真實，而我想因為沈之浩，讓我懂得去發現身邊的微小幸福。

擁有很多小幸福的我，事實上已經能夠建構出一個幸福的堡壘了。

不管是姊夫說的「幸福是可以被創造的」，或者是沈之浩心中「幸福是需要去發現的」，我想他們所指涉的都不是那種在我們想像之中，太過膨脹的幸福，而且確實的、真正能撼動人心的微小溫暖。

從前的我聽見「只要有你就夠了」這樣的話，總感覺太過浮誇，就算是如何陷入熱戀，也不可能光有對方就足夠；當然現在我也還是這麼認為，然而真的有那麼幾個瞬間，腦中會浮現出「只要有你就夠了」的念頭。

並不是世界如何都無所謂，但我希望在那個世界中有他。

為什麼要在我「失憶」之後遇見沈之浩呢？

我不只第一次思考這個問題，並且已經被沖淡的謊言感，卻又突然竄上，雖然說只要像當初一樣突然的宣布「我想起來了」，根本沒有人會追問；然而，這並不是有沒有我以外的人知道的問題，而是我本身就無法忽視這件事的存在。

「其實……」

「我沒有失憶。」

於是，我這麼對沈之浩說了。

「妳剛剛說妳沒有失憶？」

「嗯。」我輕輕地點頭，右手上的筷子有一下沒一下地戳著盤裡的食物。

「能告訴我為什麼嗎？就是說自己失憶這件事？」

「就是在醒來的那瞬間，突然想要全部重來。大概，就是很衝動吧。」我看向他，「雖然我一點後悔的感覺也沒有，當然我知道自己不要說就沒有人會知道，但是，我就是不想要騙你。」

「所以妳那天才會問我，會不會討厭說謊的人嗎？」

「嗯。」連那麼細小的問題都會記得的男人，就算騙也要把他騙到手吧，雖然這麼想，但就是不想對他說謊。就算是沒什麼影響的謊言也一樣。

「我說過，謊言的本身只要不要傷害到其他人，甚至能帶來一些好的改變，那個時候謊言是需要的。」他認真地問：「妳覺得這個謊言傷害到誰了嗎？」

「我不知道。但至少讓很多人擔心了。」

「那麼小悅從這個謊言的身上得到了什麼嗎？」

……得到了什麼？

「嗯，最大的改變是自己吧，開始會用不同的角度去看很多事情，以前沒有注意到的部分也像是新發現的面相；我想，因為以我作為變化的起點，所以自己會感覺周遭的人也有所不同吧。一直以來覺得沒有什麼的平凡生活，現在發現，就是因為什麼都有所以才會這麼穩固吧。」我讓自己清晰地說出最後一句話，「而且，因為假裝失憶我才會走進那間圖書館。」

我才會遇見你。

「既然這樣，這個謊言也沒什麼不好。」意外的他居然坦率地笑了，「只是既然讓大家擔心，那麼妳就要加倍努力，好好的重新開始。」

「你可能會覺得這個謊言沒什麼吧。」

「沒有。」他很堅定地搖頭，「就算是只在妳自己的內心產生了微小的變化，都是一件重要的事情。」

他說：「因為我們的生活，就是從這樣的微小變化開始，最後產生了巨大的動搖。」

「如果，在我『失憶』之前遇見你，可能我們就不會坐在這裡吃飯了。」

這句話不久之前我也對他說過，但當時的他和現在的他，聽起來應該是截然不同的感受吧。

「所以，我可以把這個當作注定嗎？」

我的臉頰又開始發燙，「你相信命中注定這種事情嗎？」

「嗯，也沒有特別相信或者不相信，但是遇到某些事情的時候，就會希望是命中注定吧。」

「例如呢？」

「遇見妳之類的……」接著他又低下頭吃起東西來，但他真的是一個讓人覺得可以信賴，卻又感覺很可愛的男人。

就好像，不管自己做了什麼錯事，他都能原諒自己那樣。

「但是這件事，我不想對其他人說，就是假裝失憶這件事。」

「嗯。」他承諾性地點了頭，「其實小悅的事情，我本來就沒有權利替妳開口。」

「謝謝你。」

「嗯？為什麼要說謝謝？」

「終於能夠好好說出來了，而且，謝謝你很認真地看待這件事情。」

不管是多麼細微的事情，因為是對方說出口的，所以就會認真地聆聽，沈之浩就是這樣的一個男人。很多人所盼望的就是這樣的專注，偶爾得到了全心地凝望就能開心很久，但在沈之浩的心中，或許，就是認為這樣的專注是必須的吧。

因為打從心底重視對方。

沈之浩並沒有特別做些什麼，但就是因為連他自己也不在意的小細節，反而更讓人相信他的真心。雖然說，這樣會讓人陷下去的速度過快了一點；然而只要想起他，就會想著，其實陷下去也沒有關係。

果然，我對沈之浩的印象，某種意義上而言，也越來越扭曲了。

「妳願意告訴我，也讓我很開心呢。而且，」他又開始靦腆了，「某種形式上，我們也算是有了共同的秘密吧。」

當兩個人擁有了秘密，不管是往好的路徑或者壞的路徑走去，某種程度而言，都帶著特別的親近感。因為，秘密是特別的吧。

所以「只想讓你知道」的這個念頭，也就是只想讓沈之浩走近最核心的自己嗎？

08

雖然不想，但失憶這件事最麻煩的就是得定時到醫院複診。

由於預約的時間並不是假日，所以最後不知道為什麼是那隻鼠輩陪我一起去，雖然堅持我可以一個人，但爸媽根本就放不下心，所以我不只得在醫生面前再次堅定地強調我什麼都記不得了，還要在去程跟回程忍受鼠輩的惡毒。

如果客觀一點的來看，鼠輩並不是很惡毒的一個人，但因為說的話往往都太過切中要害，所以也就會抱著痛處指著他說慘無人道。

但在看待他的時候，我一點都不想客觀。

「妳要去圖書館喔？」

「不行喔？」

「妳去哪我管不著，因為我要去學校，所以問一下而已。」

也就是說，我和鼠輩相處的時間又得加上在捷運上的長度，雖然只有短短的幾分鐘不到，但因為提到圖書館就等於牽扯到沈之浩，光這件事情就夠讓人不能放鬆了。雖然鼠輩一點也不在意，但我很在意。

「欸，你上次說，你覺得沈之浩對感情有點不安，是怎麼樣啊？」

「隨便說說而已。」鼠輩似乎是覺得這個話題很麻煩，所以根本就不打算涉入。

「你好歹也是我堂哥吧。」有關係在不用白不用。

鼠輩冷哼了一聲，瞄了我一眼。「看樣子妳不覺得，就表示沒什麼問題啊。女人真的很愛擔心有的沒的耶。」

「也說不定是我沒有發現啊。」何況現在跟沈之浩的氣氛那麼曖昧，看見的都是冒著美麗泡泡那一面。

「我說的也不一定就是那樣子。」鼠輩不情願地合起書，「大概因為是個會全心投入的人吧，通常這種人因為很專注在對方身上，所以更敏銳地可以知道對方的心思，當然也會知道對方放多少專注力在自己身上吧。所以我想他對感情那麼溫吞也是因為這樣吧，因為看得越專注，所以自己默默承受的重量也越重，當然也會越謹慎。」

他說：「而且，我想他可能屬於那種慢慢耕耘的類型吧，真的相信一點一滴建構起來的情感是最踏實的，但一般人根本就等不了，尤其又是在這種速食愛情的時代。所以如果你們現在狀況很好，就表示妳可以跟他以和諧的速度前進吧。那傢伙也不是笨蛋，看得比誰都清楚，如果這樣他還願意投入，就表示真的打算把自己丟進去了。」

我第一次覺得鼠輩說的話那麼好聽。

「說完了。」鼠輩的語氣就像是他再也不想管這件事那樣。他一向覺得戀愛很麻煩。

「嗯，」雖然自己感覺異常扭捏，「謝謝你。」

「看來沈之浩帶來的影響不小。」他嘴角的弧度只維持零點一秒左右，「不過妳變得這麼有禮貌，就讓妳的一般性格更一般了。」

「鼠輩，你少在那邊得寸進尺。」

果然我跟這傢伙沒辦法和平共處太久，所以在下車並且走出捷運站之後，才想說快速地丟下「再見」就可以轉身離去，但卻想起我的報告書塞在鼠輩的大包包裡，所以就順手拉住了鼠輩的外套。

然後沈之浩看見的就是這一幕。

這世界上湊巧的事情有很多，而湊巧的麻煩事又特別多。

「小悅？晨皓？你們……認識嗎？」即使是看見這樣的畫面，就算能感覺到他的語調有些不同，但沈之浩還是很鎮靜地開口了。

下一秒鐘我立刻鬆手，但在我開口之前聽見的卻是鼠輩的聲音。「她是我女朋友。」

「張晨皓！」

我看見沈之浩努力在壓抑，但因為很仔細看著他的緣故，所以能相當具切的感受到他所受到的打擊。正因為他眼中的擺盪，讓我突然不知該如何開口。

「她是真的喜歡你才會那麼激動。」鼠輩居然一臉若無其事的這麼對沈之浩說，接著就轉身把報告書塞到我手裡。「妳現在知道專注在一個人身上，其實是很可怕的一件事吧。」

接著他就很不負責任地走了。

專注在一個人身上的確是很可怕的一件事情，因為太過輕易就能讀出他的情緒，所以只要是源自於他的情感，在我心中產生的撞擊就越大，所必須承受的重量也越重；然而相對的，卻也因而離對方更近。

愛情除了得到之外，也是必須付出的。

這並不是簡單的能以「代價」作為註解，我還是相信這是彼此的相互輸送。因為是你，所以我願意承受。

「妳跟晨皓……怎麼，會在一起？」似乎已經平靜下來的沈之浩，感覺還是很在意。

畢竟，我從來沒有主動拉住他。

「他是我堂哥。」很不情願但更不想被沈之浩誤會。

「是嗎……」似乎是很明顯地鬆了一口氣，但好像也還笑不太出來。「抱歉，我剛剛有點嚇到，所以……」

「我今天到醫院複診，因為不是假日，所以爸媽就拜託他陪我去。」

「這樣啊，但妳跟晨皓是堂兄妹，真的很巧呢。」

「這世界上湊巧的討厭事特別多……」

我玩著報告書，和沈之浩就這樣站在剛剛的原點，大概是因為一個太想釐清、一個絕對不想被誤會，所以第一件事情就是講清楚。

「那我上次還跟他提起妳……」看沈之浩突然臉紅低下頭，想也知道他對鼠輩說的是哪一方面的內容。

誰都可以，為什麼偏偏要是鼠輩。

「反正那傢伙對其他人的事情都不怎麼在乎，他大概聽完就忘了吧。」鼠輩的記憶力是很驚人的，但安慰自己比較重要。

「嗯……」像是突然想到他和我一直站在有點微妙的路中間，「我剛剛吃完飯所以經過這裡，妳吃過了嗎？」

「吃過了。」

「那、我還有一點時間，妳要到公園散一下步嗎？」

「嗯。」輕輕點了頭，接著我和沈之浩就肩並肩往公園的方向走去。

我和他的距離，比一般朋友的拿捏還要靠近一些，但又不會有「偶爾我的肩擦過他的」這種情況出現那麼近，就是一種臨界感，就只差那麼一點點，然而那零點一公分卻是需要我們傾注最大氣力去跨越的長度。

因為要跨越的不只是距離，而是從「我和你」跨越到「我們」。並且是愛情中的我們。

和沈之浩安靜地走著，有一點風、太陽沒那麼大，天氣似乎正在回暖中，偶爾轉頭望向他的側臉，總有一股淡淡的閒適飄送出來，像是只是這樣走著，就能感到滿足一樣。

大概，就是因為真正的幸福太過簡單，所以反而容易視而不見。

我們總是將眼光拋得太遠，想著「因為是想要卻還沒得到的東西，所以一定在遠方，所以一定不是簡單的事」，因而略過了太多環繞在身邊的美好，也由於太想去追尋幸福，跨得太快的步伐，也讓人無法好好體驗身邊的風景。

人也是如此。因為假裝失憶，所以我得以使自己用不同的眼光來看待周遭的人，不、或許是說，我終於將目光定著在那些太過習以為常的人身上，像是家人、像是要好的朋友，因為相處得太過久、因為不管怎麼樣他們都在自己的身邊，反而因此逐漸縮減自己投注在他們身上的心力。

其實怎麼想都是很奇怪的一件事吧，明明就是最靠近自己核心的人。

「今天的天氣真好。」

說著這樣一句話，大多時候我們都認為這是無意義的開場白，然而此時的沈之浩，是打從內心這麼說出口，並沒有期待任何回應，單純就是一個心得，和一個句號。

和沈之浩在一起的時候，會有種不必用話語填塞也可以很自在的放鬆感，因為對方也沒有非得填滿空白的心思，相反的是享受著彼此的空白。留白越多，反而延伸得更遠。

「春天大概快到了吧。」

沈之浩笑了，「我可以假設妳這句話有雙重涵義嗎？」

「那其實也沒有必要等到春天啊……」

我伸出手輕輕扯住沈之浩的衣襬，還應要裝作一副「我什麼都沒有做」的模樣，看花看草看樹就是不看沈之浩，然而有時候越是不看某個對方，反而讓對方知道自己越在乎。

他似乎是愣了一下，最後默默地拉開我扯住衣襬的手，放進自己的掌心之中。接著兩個人都裝作若無其事的模樣。

「下個星期一，妳有空嗎？」我想起那天是圖書館休館日。

「我每天都很閒啊……」

「那、我再打電話給妳。」沈之浩進步真的很快呢，現在連替他鋪路都不用。

「嗯。」目光不期然劃過我和他交握的雙手，有一點點緊張也有一點點愉悅，我想愛情最讓人沉迷的就是它總是帶來各種不同情緒，並且總是混雜著許多不同面向的感受，因而交織出其他情感無可替代的圖樣。

所以看見沈之浩的越多面向，就會讓人越加沉迷他嗎？

「期限快到了呢。」我說。

「什麼期限？」

「我給自己一年的期限，時間一到失憶的魔法就會解除了。」我停下腳步，側過身轉向沈之浩。「灰姑娘的魔法解除之後，王子還是找到她了，那我可以期待，自己的魔法解除之後，還是有那一個人在等我嗎？」

沈之浩握緊我的手，「就算魔法失效了，妳也還是對方眼中的那個妳。」

其實我一直在等的不過就是一個能夠真正看見自己的人。就算我不再是我也還能看見我的人。

我認真地凝望著沈之浩，「我說過我記憶力很好。」

「我承諾過妳，就算妳忘記了，我也會替妳記得。」沈之浩說的是承諾。

「就說了，如果你繼續對我那麼好，會很危險的。」不只會霸佔他，說不定連撲倒一起。

「就算危險，我也還是想對妳好。」沈之浩這次說的不是「對方」，而是明確的「妳」。我們之間設下的謎語也要逐漸崩解了。

那麼當我們掀開答案的那一刻，看見的會是彼此嗎？

「你越來越會花言巧語了。」

「小不點跟我說女孩子喜歡……」

「花言巧語的那麼真心真的很犯規。如果每個女孩都喜歡怎麼辦？」

「因為只會對妳說，所以，我想不會有其他女孩子喜歡的……」

「那如果我越來越貪心怎麼辦？」

「我是圖書館員啊，所以有很多書可以翻。」

「跟你說過，我喜歡的東西就會想霸佔……」喜歡的人也是。

「其實不用妳霸佔，對方大概就自動把自己送給妳了吧……」他講得很小聲，「對方」這兩個字還是出現了，但從沈之浩口中聽見這樣的話，如果他真的挑明「妳」的話，可能我的腦袋就會直接空白也說不定。

「沈之浩。」

「嗯？」他的目光膠著在我身上，等待著我話語的接續。

「我不想要在魔法結束之後才被找到，我想要人牽著我的手一起解除魔法。」

天啊我怎麼可以那麼直接。

「我不想要在魔法結束之後才被找到，我想要人牽著我的手一起解除魔法。」

這句話百分之一千是暗示對方快點行動，沒想到最後沈之浩居然回了我一個爽朗的笑容，用很低沉的聲音說：「我好像也等不了那麼久。」

我都快瘋了。所以我很佩服自己在這種意識瀕近彌留的狀態下，還可以順利回到家，並且終於可以一口氣把自己拋在床上。

「小悅妳沒事吧？」

「嗯？」剛才那種狀態下進門，我根本沒有發現姊姊的存在，所以她現在一臉擔心地站在我房門外。我連房門都忘記關上。

姊姊走了進來，現在的我完全沒有腦袋可以去問為什麼姊姊這個時間會在家，只是呆呆地看著她走過來，蹲在我面前，最後畫面就定格在她放大的擔憂的表情上。我想起來我現在趴在床上。

我甩了甩頭，努力讓自己從趴姿改成坐姿，姊姊也順勢坐在床沿，並沒有多問，但等著我開口。我並沒有感受到逼迫，姊姊給予的事實上是一種陪伴，讓人感覺「就算不說也沒關係，我還是會在這裡，但是妳開口的話，我一定會認真聆聽」。

我嘆了一口氣，垮下了臉，小小聲地說：「我好像太過積極了一點。」

「什麼？」大概是很難把我的話意和姊姊眼前鬆垮垮的自己連結在一起，所以姊姊納悶地看著我。

「就是……我好像不小心暗示對方可以動作快一點，暗示得太過明顯一點。」

像是突然了解況狀一樣，姊姊一改方才的擔憂面容，換上曖昧的笑容，閒適的用手支撐著自己的重量，悠哉又饒富意味地看著我。但就是不發一語。

這個狀態下的姊姊最恐怖了，一種無言的逼迫，總之我無論如何都抵擋不了就是。

「唉呦，就是兩個人進展不錯，但一直就從曖昧到很曖昧，從很曖昧到非常曖昧，從非常曖昧到……」

「小悅啊，不要浪費時間。」接著姊姊自己補充，「就是曖昧到極點，但卻還是曖昧？」

「嗯。大概是這樣吧。」幾乎是用著嘟囔的聲音回答姊姊。

「那對方有對妳的『暗示』表示什麼嗎？」

「他說，他好像也等不了那麼久……」現在的我根本就不敢看向姊姊。

「感覺很好嘛，既然這樣，所以妳剛剛的狀態是害羞嗎？」姊姊的笑容有點微妙，「還滿特別的呢……不過第一次看見這樣的小悅，我想應該真的很喜歡對方吧。」

「可是我們認識沒有很久。」

「認識的時間長度跟愛情的深淺一點關係也沒有，有些人一見鍾情，有些人從小就認識，但很久之後的某一天才發覺自己愛上對方，這大概就是愛情最讓人捉摸不定的地方吧，妳不會知道哪一瞬間，自己就陷入了愛情。」姊姊真的越來越夢幻了。

「姊姊都不會怕自己陷太深嗎？」

「什麼樣的程度才叫做深呢？」姊姊笑得好溫柔，「當妳全心全意愛上一個人，妳不會覺得愛情是黑洞，而是水藍色的大海，雖然深不見底，但妳可以看見很美的風景，妳也知道終點就在那裡。」

「所謂的終點是什麼呢？」

「一般人可能會說是結婚生小孩這類現實的情況吧，但是，對我而言，愛情的終點是自己。」

「自己？不是對方嗎？」

「因為透過對方，我們更能清楚看見自己。我總覺得愛情的本質是回歸，雖然自己的身上有愛，但是我們都要透過其他人才能看見自己身上的愛，不是嗎？」

姊姊笑著說，「妳只要認真去愛，就能比誰都還要清楚所謂愛的面貌。認真並不代表盲目，而是只有當妳全心全意投入，妳才能真正的體會愛的整體，而不只是摸摸表面就宣揚自己愛過。愛的深刻，不是言語能夠輕易表達的。」

我一直很怕陷入愛情之後會失去自己，然而姊姊卻告訴我愛情的終點是回歸，我看著姊姊的笑容，正想說些什麼的時候，又聽見姊姊的聲音。「沒有人不會害怕，但只要相信自己，不管最後決定要前進還是後退，都是妳的選擇。」

……相信自己。

「那妳到底什麼時候要帶他來家裡喝喝茶聊聊天啊？」話鋒一轉，讓我還反應不太過來，就看見姊姊突然湊近的臉。「我也想看看讓小悅有這樣少女煩惱的人，到底是何方神聖。」

「就很普通的人啦。」我才不要在姊姊的興頭上帶沈之浩給她看咧。

「小悅，沒有人是普通的喔，尤其是在愛情裡。」

「姊姊會想成為姊夫心中最特別的那一個人嗎？」

「當然會啊，但什麼樣才是最特別？跟家人跟朋友比較嗎？這樣好像也太累，至少，在愛情的範疇裡，妳姊夫只能看見我一個人。聽起來很棒吧，他有很多朋友很多家人，但只有一個戀人。」

「我也想要有姊姊跟姊夫這樣的愛情。」相互扶持但每一天比每一天都更愛對方。

「雖然我知道我們的愛情是很棒啦。」姊姊還真是一點也不害羞，「但是每個人有每個人的愛情，重要的是找到你們兩個人之間的平衡，嗯，就像是最佳比例那樣吧。」

也就是愛情不自己親自體會是找不到之間的平衡點吧。

09

星期一比我想像的還要快到。

地點是完全出乎意料的遊樂園，但當我跟沈之浩一走近遊樂園門口的時候，方才的疑惑全都一掃而空。

「因為小不點說要給妳驚喜，所以……」所以就讓我很「驚喜」地看見鼠輩站在我面前？

我看見的就是笑得很燦爛的小不點，跟一如既往帶著冷淡表情的鼠輩，就站在大門前面等我們，還揮了揮手上的票說他們已經買好了，也就是想反悔都來不及了。

後來我發現，說好聽一點是大家一起出來玩，實際上根本就是小不點從沈之浩那裡知道鼠輩跟我是堂兄妹之後，又恰巧星期一和我約好，於是她以相當快速的動作籌劃了這次的約會；接著不曉得用什麼樣的理由，也把鼠輩約出來，雖然說我根本不知道鼠輩為什麼會答應，但結論就是今天是這樣的四人組合。

「你跟人家來湊什麼熱鬧？」趁小不點的注意力不在鼠輩身上的時候，我低聲問他。

「她在電話裡將近自言自語地說了三十分鐘，滿可憐的。」這什麼理由？

「但你也聽了三十分鐘吧，隨便啦，反正你在這裡也已經是事實了。」

「我按擴音啊，反正寫報告太安靜也無聊。」這男人真的會被女人打死，「我對妳跟沈之浩也沒興趣，但那女的不知道在興奮什麼。」

我望向小不點，大概她興奮的點是能和鼠輩一起出來玩吧。

總之就是在小不點的精力充沛下，其他三個根本就只是跟著她走，期間玩了幾樣遊樂設施，但她突然提議要玩雲霄飛車，我整個人都僵住了。

「這是個好機會喔。」小不點湊過來跟我說。

「聽說心理學裡有一個『戀愛錯誤歸因』，就是人在緊張的時候啊，緊張心跳之類的反應不是跟看見喜歡的人很像嗎，這時候如果真的出現一個異性，人很容易就會誤讀為那是戀愛。」她開心地笑了，「雖然一開始是錯誤歸因啦，但那也是一種美麗的錯誤對吧。」

我很想跟她說，事實上我跟沈之浩並不需要，我們兩個人之間已經曖昧到這種地步了，又如果她的目標是想讓鼠輩產生戀愛錯誤歸因，那機會就更加渺茫，我想鼠輩不是那麼簡單就會出錯的人。

「怎麼了嗎？」大概是我的臉色不是很好，所以沈之浩在小不點走向鼠輩的時候，擔心地問著我。

「我只是，對雲霄飛車這類的遊樂設施，不是很有辦法。」

「那……」沈之浩湊近我，這樣突來的動作害我心跳加快了好幾拍。「我們偷偷溜走好了。」

「溜走？」

「小不點也希望跟晨皓獨處吧，我也、我也想跟妳獨處……」雖然遊樂園很吵，但因為沈之浩離很近，所以就算最後一句話很小聲，我也還是聽得非常清楚。

接著在我還沒來得及反應之前，沈之浩就牽起我的手。「趁現在。」

於是我們從快步走，到慢慢變成小跑步，等到終於看不見鼠輩跟小不點的時候，有點喘的兩個人就很好笑地停在路邊喘氣，對看一眼之後忍不住一起笑了出來，我突然想起來，他還沒放開我的手，但想起來之後的他，好像決定忘記這件事。

不管就任何角度來看，這樣牽著手的兩個人，都很像情侶吧。

情侶。就算曖昧到臨界點，一想到這兩個字可能很快就會套在我跟沈之浩的身上，臉頰就又開始發燙，幸好剛剛有跑步，所以臉紅都是跑步的結果。

「等一下就說不小心走散了吧，」沈之浩開心地笑著，「雖然是星期一，但人還是很多呢。」

雖然人不少，但也沒有多到可以輕易走散的地步吧，但我只是點頭。「嗯，不小心走散了。」

這世界上有很多不小心，往往就是這些不小心而擦撞出美麗的火花，而且一不小心，很容易就會失火之類的。

也就是說，兩個微微屈身喘氣的人，一起抬頭就不小心差點撞在一起這樣。如果撞在一起可能就直接起火接著滅掉，但因為太過靠近，他的呼吸很明顯的就沾附上我的臉頰，熱度也異常明顯，兩個人就像是停格的瞬間，只是對望，然後誰都不敢輕舉妄動。不敢貿然靠近，也不想那麼快後退。

就是這樣短暫的暫停，讓人的心臟快要無力負荷。

最後到底沈之浩做了什麼？

嗯、最後到底沈之浩做了什麼？

腦袋一片空白的我，就這樣讓他牽著手走在遊樂園裡，就像是在散步一樣，只是他的臉頰有抹不尋常的泛紅。

到底我的臉為什麼也會那麼燙呢？

當我終於意識到剛剛發生什麼事情的同時，我和沈之浩已經坐上了摩天輪。

當我終於回過神來，就發現自己坐在沈之浩的對面，而兩個人正慢慢地旋轉上摩天輪的頂端。

「雖然不是對遊樂園很有興趣，但是我從小就喜歡從摩天輪上看見的風景，跟在一般的高處看見的感覺不一樣，大概因為一直在移動，速度卻慢得能夠好好欣賞吧。」

「我一直覺得大家喜歡在高處欣賞風景，是因為模糊所以美麗。」

「可能是這樣吧。但是，人總是在感覺模糊的時候想看得清楚一點，看得清晰的時候卻又希望有點柔焦的感覺，大概很容易就不安於現狀吧。」

現狀。不安於。

我終於想起來剛剛那片空白的主因。

於是我的雙頰又開始發燙，尤其是現在等於是處於只有兩個人的密閉空間中。

方才在我和沈之浩定格在那個太過靠近的瞬間，不知道這樣的姿勢維持多久，總之那時的我是毫無時間感的，而劃破停滯的是沈之浩的前進。

他的唇很快速地刷過我的右頰，我猜想是有刻意停留的嫌疑，接著他就拉起我的手，若無其事地走進遊樂園的人群之中。

你剛剛……雖然很想這麼問，但無論是因為間隔了一段時間，或者是自己身上的熱度根本也還沒消卻，只好繼續玩著若無其事的遊戲。

然而若無其事的表面之下，翻覆的已經不單單是兩個人的情感。

「沒想到我自己也會有不安於現狀的心思……」大概這句話是沈之浩的自言自語吧，接著他的視線從外面的風景轉向我。「遇見妳之後，感覺我也看見了許多不一樣的自己。」

「大概，我也是吧。」我也沒有料想到自己可以那麼積極……

然而對我而言真正重要的，或許是在遇見沈之浩之後，慢慢學會去發現自己身邊的小小幸福，當開始發現了第一個幸福之後，接著就很奇妙的，第二個、第三個幸福彷彿接踵而來，然而停下來才明白，原來過去的我錯失那麼多。

但我們要做的並不是遺憾，而是把握。

「是哪裡不一樣呢？和過去的你。」

「很多方面吧，但好像愛情這一塊特別明顯，雖然說我覺得愛情不能比較，只是對照自己過去的經驗，有時候連自己都覺得不認識自己了。」

「嗯？」

「一直以來我都很容易安於現狀的，因為覺得不管在什麼狀態下都能發現幸福吧，所以也就因此移動得很緩慢吧。雖然常常被說是溫吞或是被動，甚至也有人說是遲鈍，但我可能意外的我行我素吧，因為是自己的愛情、自己的生活，所以自己好好專注就好。」沈之浩輕輕一笑，「但是最近我好像發現，可能是因為自己從來沒有那麼渴望想要得到什麼，所以就不會有那種『如果不趕快抓住，她可能就會不見了』的恐懼感，只是，當我發現自己正在加快腳步的時候，大概已經來不及了吧。」

「為什麼會來不及？」

「並不是對方已經不見，而是，我能夠讓自己停下來的時機已經過了。」

也就是說，他想停下腳步也停不下來了。

了解沈之浩話中的涵義之後，突然覺得現在他凝望我的眼神有點含情脈脈，可能是錯覺、也可能是我偶爾才有勇氣跟他對望個幾秒鐘，然而這一瞬間，我的目光卻膠著在他的眼中。不只是因為他眸中倒映的我，而是他太過專注的神情。

「如果你真的停下腳步，對方也還是會走向你的。」

「可是一直以來我所指的『對方』，也就只有特定的一個人。」

「那個對方一直以來都很精明的。」

「所以，她都明白嗎？」

「大概不能說全部都能明白吧，只是因為她也一直看著你，所以知道你一直很專注。」

「我很怕帶給她壓力。」

當「對方」轉為「她」，是不是不久之後，沈之浩就會說出「妳」？

「不可能沒有壓力的。」我扯開笑容，「但有些壓力，是會讓人主動想扛起來的。」

「我可以這麼期待嗎？」

「嗯？期待？」我不解地看著沈之浩。

「我不是王子，但我希望自己能夠是和她一起喊出魔法解除的人。」

我的心跳突然加速好幾倍，就算試圖想將自己的視線拉到窗外的風景，卻還是不自禁地瞄向沈之浩。這幾天來，我感覺和沈之浩的對話已經在瀕臨暗示破裂的點，就像是隨時都會把暗示設下的安全界線給衝破一樣，開始看見裂痕，卻更因為如此，而不斷用力敲打著裂痕。

如果碎裂的話，就能碰觸站在對面的他吧。

但還不到最後奮力一擊的時刻。

並不是在等待所謂最浪漫的瞬間，或許私心都會這麼想著，希望看見對方的那一刻，是夢幻又美麗的畫面；然而，真正的夢幻與美麗，主角還是站在畫面中央的對方。

就算只是人車喧鬧的大馬路邊，因為中央是他，不自覺就會替對方加上漫畫式的迷濛背景吧。雖然大多時候我們並沒有察覺這一點。

與其說是在等待，或許我和沈之浩更近似於午夜散步，就算一分鐘只踏進一步，也還是會到達目的地，然而彼此都希望這條路能夠長一些，就算是多一秒鐘也好，就算是和對方多走一步也好，因為恰好的午夜，不是輕易會出現的。

「就算你不是王子，只要你是你就好。」我盯望著自己相互抓扯著的十指，雖然有點風，但還是嗅聞得到他的氣味。「過去的我，就是因為抱持著太多的框架，所以反而沒辦法真正看見對方吧。」

很多時候我們的心中都存在著一個「標準的對方」，設下自己心中的條件，用以對照出現在眼前的那個人。

有些時候我們告訴自己「反正沒差多少、反正那個條件捨棄也沒關係」，但很久很久之後，在某個細微的時間點，也許這個壓抑已久的心思就會開始膨脹，因為我們從未捨棄這樣的內設標準。又有些時候，我們試圖在對方身上添加這些條件，希望對方改變穿著、希望對方爽朗一點，希望對方一步一步符合自己的標準，那麼最後的結果，自己是不是會開始浮現「他好像已經不是一開始我喜歡的那個人了」，或是對方的心中產生這樣的疑惑「他到底喜歡的是我，還是他心中的那個角色」，最後，就只會離得越來越遠罷了。

好不容易才相遇而相愛的兩個人，卻因為看不見真正的對方而鬆開雙手，某一天突然想起對方的時候，會是後悔而非遺憾吧。

「就算發現最後不是她以為的那樣，她也還是會牽著我的手嗎？」

「因為捨棄了所有的標準，所以也就沒有所謂的『以為』吧，再說，說不定那個她，恰好又失憶了。」

「真的，我還是很慶幸她失憶了呢。」

最後摩天輪轉回了原處，然而無論是愛情或者人生，就算是回到了原處也回不到原點了。

「很像南瓜馬車呢。」

「那我是車伕嗎？」

「如果有那麼帥的車伕也是不錯啦。」

「那現在，公主是要去參加舞會嗎？」

「好像太沒創意了一點呢。」現在跟沈之浩牽著手，完全可以裝作若無其事了呢。「有沒有一種版本，是公主和車伕偷溜啊？」

我說：「再說，我也不想當公主。」

「嗯？不是每個女孩子都會有這種公主夢嗎？」

「以前是有啦，但是，」我低下頭，「我只想做一個人心中的公主吧。」

我們接到了小不點的電話，最後四個人就約在大門附近的速食店。

沈之浩好像沒有想放開手的意思，但在隱約看見鼠輩和小不點的身影時，我還是扯了扯他的手，他似乎有點不情願的鬆手，但就是在他不情願的這段時間裡，我想鼠輩跟小不點也都看得一清二楚了。

單純只是害羞而已。反正有鼠輩在的地方，找一堆理由也只是浪費力氣。

「哈囉，這裡這裡。」小不點很開心地揮著手，接著丟給我和沈之浩相當曖昧的表情，還「嗯、嗯……」的作為沒有內容但每個人都心知肚明的心得。

「抱歉，一不小心就走散了。」沈之浩很沒有說服力地這麼說。

「這樣的走散組合很棒啊，感覺有點像預謀呢……」小不點偷偷在我的耳邊這麼說，「越看張晨皓越帥，小悅怎麼辦？」

我怎麼知道要怎麼辦？

「這樣啊……那，小不點加油吧。」畢竟別人的愛情，自己還是不要湊熱鬧比較好。

我看著和鼠輩聊著天的沈之浩，與和我相處時的樣子有點不同。我們在面對不同人的時候會不自覺展現不同的面貌，也許是互動的結果，也許是自己想讓對方看見的那一面，又也許是對方看見他自己在乎的那一面；然而，只要這樣一步一步踏近沈之浩，就能看見越來越多他不同的面相吧。

人不是一個球體，也不是對稱的多面體，而是不規則的多面體，沒有辦法單靠某一兩個角度或面相去推斷這一個人，尤其在不同角度、不同時點所反射的光線也有所不同，只有不斷地移動、不斷地注視，才能逐漸了解這一個人吧。

「一不注意，自己的心思就往對方那邊跑了對吧。」

「嗯？什麼？」

小不點用眼神示意，指向是那兩個男人。「越壓抑，越想呢。」

「為什麼要壓抑呢？」

「為什麼啊……大概是知道張晨皓對我沒什麼興趣吧。」

「他對任何女人都沒興趣。也不是，應該是說他對愛情這一塊區域沒有興趣。」

「為什麼啊？」小不點很哀怨地看著我，「連沈之浩那種遲鈍鬼都這麼積極努力了，居然有人對愛情一點興趣也沒有。」

遲鈍鬼……我決定忽略這個評語。「因為他覺得很麻煩吧。而且，每個人感興趣的地方大概都不太一樣吧。」

「可是，越是這樣，越希望自己是特別的那一個啊……就像是，一直以來都對愛情沒興趣，其實只是因為還沒遇到真正讓自己心動的人吧，然後自己就很命中注定的成為那一個，最好是唯一一個啦。」小不點喝了一口可樂，「我也沒那麼夢幻，會抱著這種期待，但偶爾還是會作一下白日夢啦。」

「我覺得小不點很勇敢。」

「嗯？勇敢？哪裡？因為敢坐雲霄飛車跟海盜船？哈哈。」

「可以很坦白地把自己的感情說出來，也很積極地去靠近對方吧，老實說，我也沒有比沈之浩好到哪裡去。」

「每個人有每個人的方式吧，不要刻意勉強自己，我啊，要是逼我走你們兩個那種路線，先瘋掉的一定是我。所以只要你們兩個覺得這樣的速度啊、氣氛啊都對了，就算拖個一年才在一起，也沒人能插手吧。」最後還是補充了一句，

「雖然可能會急死身邊的人啦，哈哈。」

看著長得跟高中生沒什麼兩樣的人，說出這麼成熟的論調，真有種莫名的違和感。

「不過你們兩個，感覺很不錯嘛。」出現了。第三個對我露出這種曖昧表情的女人。

「就……還好。」

「這樣叫還好啊……」小不點拉開一個實在太過燦爛的笑容，「我剛剛可是看見你們牽手喔。不過這對阿浩來說是個很大的里程碑耶。」

里程碑？也太誇張了一點吧。

「他到底，以前是怎麼談戀愛的啊？」雖然知道愛情不能比較，但沒有人不會在意對方的這些過去吧。

「嗯，就是把一般人的進展放慢大概十倍吧，但速度也不是重點，他就是走那種很平淡的路線，所以對方常常會懷疑他到底愛不愛自己吧。但是，我認識他那麼久了，其實都看得很清楚啊，只要對方多在意一點，就會知道他很用心吧。不過也可能是對方覺得不夠，沒有特別跟他的女朋友聊過天，所以我也不敢斷言啦。」

「沒有跟他的女朋友聊過天？小不點跟沈之浩不是很好的朋友嗎？」

「嗯，是這樣沒錯，不過不知道為什麼，大概是因為本來就很不安，又看見我跟阿浩相處的樣子，所以多多少少對我都抱持著敵意吧。」

「可是我覺得小不點跟他，一點火花也沒有啊。」

雖然一部分的原因可能是小不點一開始就挑明了自己對鼠輩有好感，然而只要仔細觀察，她和沈之浩的互動絲毫曖昧的味道都沒有，就某種意義而言，小不點或是沈之浩，都不是那種會釋放讓人誤會的愛情味道的人。

「因為妳有專心看著阿浩的關係吧，但是，愛情裡啊，只要種下一點懷疑或者不安的因子，就很容易什麼都看不清楚了。」

並不是因為對方有所遮掩，而是自己選擇閉上眼睛吧。

雖然我跟鼠輩順路，但依照小不點的劇情安排，怎麼樣都不是我跟鼠輩一起走。

總之也不必特地說出口，鼠輩跟小不點很「不巧」的有其他地方要去，而又很「剛好」的沈之浩沒事，所以就「順便」陪我回家。

「小不點很喜歡晨皓呢。」很意外的這句話居然是從沈之浩口中說出來的。

「每個人都知道嗎？」

「大概，就我們幾個吧。」沈之浩牽起我的手實在越來越自然了，「因為想直接讓對方知道，所以她對晨皓一開始就挑明了講，我和妳大概就被圈在一起吧，所以告訴我們也無所謂，但小不點並不會張揚自己的愛情，而且兩個人根本還沒火花，她也不想讓晨皓覺得麻煩。小不點其實考慮很多呢。」

「談戀愛的時候，我好像都不會想那麼多耶。」

「這樣也很不錯啊，只要想著對方就好。」他真的說得越來越順口了。

「說不定是想著自己，這樣對方不是會更累嗎？」

「如果是真正愛對方的話，不用努力目光就會放在對方身上了，如果想著都是自己的話，那也不能算是真正的愛情吧。」

「愛情還真是蠻橫。」

「是啊，但就是會不顧一切地把自己丟進去。」

「所以你已經在裡面轉圈圈了嗎？」

要搭的公車就在眼前，只要加快腳步就能追上，但兩個人只是看了公車一眼，還是緩慢地走著，離下一班公車大概還有二十分鐘，一個人的時候大概會覺得很懊悔吧，就差那麼一點，但因為是牽著手的兩個人，雖然也是差了那麼幾秒鐘，但卻會想，恰好就差了一點呢。

「妳看不出來嗎？」沈之浩居然把問號丟回來，真是越來越狡猾了。

「你有沒有在裡面轉啊轉的，我怎麼會知道。」

「我以為妳也在裡面……」沈之浩聲音不大，但一如既往的我聽得很清楚。

「妳說過妳很精明的，所以我想妳應該會知道才是。」

「我的精明範疇不包含別人的愛情。」

「別人的……？怎麼聽起來有點不喜歡。」他突然轉向我，並且送上一個爽朗的笑容。「我這個人不喜歡的東西很少，所以會讓我覺得不喜歡的，通常都是不太能忍受的事物呢。」

「計較那麼多做什麼，明明就什麼都知道……」

「我什麼都不知道喔，在她還沒有做好只當我一個人的公主的準備之前，我什麼都不知道。」

「你怎麼會知道，她什麼時候準備好了？」

「一定會知道的。」我們在公車站牌前停下腳步，「因為我一直在等那一刻。」

「可是她自己好像比你更搞不清楚耶。」

至少我覺得，如果他現在打算揭曉答案，我也還是能夠欣然接受的；然而，現在的我的確有些捨不得結束現狀，這樣的曖昧，是無論最後決定靠近或者後退，都無法再次經歷的。

有些人可以再次相愛，但卻沒有辦法再次擁有這樣的曖昧時光。

「那可能，她還滿喜歡現狀的，如果她喜歡的話，我再等一段時間也沒有關係。」

「你如果一直對她那麼好，她很有可能會把你吃死死的。」

「那也沒有關係啊，如果對方是她的話。」

我們又錯過了好幾班公車，雖然最後還是到家了，但是牽著他的手的時間，似乎都流逝得格外的快，就像時針分針一起快轉那樣，雖然眼前的他是定格的，卻彷彿一眨眼，這樣的一個對望就會成為昨天。

如果可以的話，會希望魔法永遠不要解除，就在這樣的世界之中寧靜地牽著他的手，但魔法是不能不解除的，即使只在我一個人的身上生效與失效，我卻還是期望，踏回原本世界的那個自己，還能牽著他的手。

10

突然下起了大雨。

我坐在咖啡廳靠窗的位置看著絲毫沒有減緩跡象的雨，好不容易回暖的天氣也因為這場雨讓人又穿上厚重的大衣，翻了一半的書就這樣攤在桌上，還剩下三分之一的伯爵紅茶，已經轉涼不再冒出熱氣。

最近的日子並沒有特別的變化，就是這樣一天一天過去的平淡日子，過去的我總會覺得這樣日復一日的流轉，自己的生命也在這樣的旋繞之中一點一點地將軀體之中的什麼給甩出去，最後大概就只會剩下什麼都沒有的自己吧。

然而放慢速度觀看，這樣的平淡之中，事實上今天和昨天的我早就已經不同。

將手中的書從第七頁讀到第六十九頁的我，和家人又一起吃了一頓晚餐的我，經歷了這場雨之後的我，就算具體說不出特別的差異，但我已經又跨近了一步。沒有特別的變化，並不代表沒有變化。

而且「特別」的界定完全來自於自身，可能會在哪一瞬間，突然覺得和平常沒什麼兩樣的盆栽特別可愛，或是陽光特別溫暖，或者是對方的笑容特別耀眼。

我一樣在每個星期四到圖書館，偶爾會到那座公園看書散步，和沈之浩並不特別約定午餐，也因而總會有所期待，想著，今天中午會不會遇到他呢？當真正遇到的那一刻，會特別開心吧。

「最近都會很期待午休時間呢。」

「為什麼呢？」

「因為可能在去午餐的路上遇見她，雖然沒有看見她的時候會有點失望，但又會開始想著，也許會是明天。這樣，反而又開始期待明天了。」

「你知道為什麼她不打電話告訴你，她今天會不會出現嗎？」

「為什麼？」

「其實她也不知道耶。」我很不負責任地笑了，「雖然知道只要打個電話，要不然在特定的時間走上某條路，就能夠遇見對方了吧，但就是不想這麼做。雖然想見對方，但卻還是希望保留起初彼此相遇的那份感受，你說，這樣會很貪心嗎？」

「如果把午休時間當作額外加場，應該也不算貪心吧。」他靦腆地拉開嘴角的弧度，「如果平常也要這樣碰運氣的話，大概就是我會開始努力把機率拉成一吧。」

我和沈之浩還是這樣說著誰都能看穿的謎題，就像是和小孩子玩捉迷藏一樣，明明就知道孩子躲在哪裡，卻又想讓孩子開心、自己也喜歡這樣的遊戲氣氛，所以會東繞繞西轉轉，雖然視線一直都在孩子身上，口中卻一直說著「在哪裡呢、在哪裡呢」，最後就算孩子被找到了，也是彼此熱烈又開心的擁抱吧。

有時候會覺得這樣的大人真是寬容，但對方卻只是笑著告訴自己，我也很喜歡這個遊戲喔，那個時候，就會有一股溫暖的感覺竄上。因為是彼此都投入在遊戲之中啊，會這麼想著呢。

我喝了一口已經完全涼掉的紅茶，加了一堆糖的結果就是在冷卻之後變得太過膩口，但我卻對著液面倒映的自己笑了出來，雖然不是失手但卻為了消除苦澀舀了兩三匙糖粉，沒想到沒有了苦澀卻得到了意外的甜膩。

雖然知道苦澀卻還是點了紅茶，卻在送上桌之後又試圖消除那樣的苦澀，認真想想就會覺得自己的舉動太過矛盾，但卻有無論如何都想喝紅茶的心情，一層一層交疊，最後還是不顧矛盾就是想喝紅茶。

大概愛情也是這樣吧。

但也因為愛情的交疊的層次比喝不喝紅茶更加繁複，因此最後往往會什麼都不管的，說了「反正去愛就好了啦」這樣的話，不管怎麼樣都還是愛情啊，也因為不管怎麼樣都想踏進愛情啊。

我望向窗外，已經持續了好幾個小時的雨，還是嘩啦啦地下著，雖然咖啡廳離家的距離只有短短十分鐘，但這樣的雨勢，就算撐傘也還是會淋濕吧。

所以就算是再短暫的愛情，只要走進、走過，都會黏附在身體的某一個部分吧。

我嘆了一口氣，最近不管想到什麼都會歸結到愛情，但愛情意外的跟什麼事情都像，或許是因為它具備了太多面相，所以我們不得不看見，也不得不去努力看見。

「失憶女？」

順著太過熟悉的聲音抬起頭，「怎麼老是遇到你？」

「這間咖啡廳在妳家跟我家的中間，我平均每星期來兩次，但第一次遇見妳，也就是說，這句話應該是我來說才對。」

「我真的覺得你平常不說話，是因為總是在這種時候用掉太多額度的關係。」我看著還站在我面前的鼠輩，「你幹嘛？想坐我對面嗎？」

但他居然連回答都沒有，絲毫不客氣地就拉開我面前的椅子，就在我打算說些什麼的時候，卻聽見太過感性的聲音。「這個位置，最能清楚看見雨。」

「你今天……怪怪的耶。」

「我就不能看雨嗎？」並不是看雨的問題，而是他居然用這麼感性的眼光去看雨，果然人的不規則多面體，各面的差異度不是普通的大。

我跟鼠輩並沒有其他的交談，反正從小就跟他相處到大，我已經能夠很自然的視他如無物，雖然多多少少有點在意他今天的狀態，然而我又突然想到，處在這種對我而言「異常」狀態下的鼠輩，對於愛情會不會有和平時不同的見解。

「欸，你覺得什麼東西和愛最像啊？」雖然開場的程度有點低，但這不是重點。

「妳是覺得我今天和平常不太一樣，所以想得到不同的答案嗎？」居然這也能看穿，「對於愛的態度，沒有經歷什麼事件是很難突然改變的，很不碰巧，最近我並沒有發生特別的事情。」

「反正你就回答嘛。」

「水。」

「水？」果然鼠輩越來越高深呢。

「像水一樣毫無縫隙地包裹自己，而且無論是體內體外都存在著高含量的水，可以極冷也可以極熱，當然也可以保持對人體的最適溫度。每個人都追求不同的感受，有些人喜歡溫泉，有些人沉迷冬泳，又有些人懼水；但不管怎麼樣，我們卻沒有辦法沒有水，雖然有些人會溺水、會嗆水，但如果沒有水的話，人不到三天就會死亡的。精神性的死亡。」

「我以為你跟愛情絕緣耶。」

他瞄了我一眼，「妳一開始說的是『愛』，而不是愛情。」

「是喔。」連這個都分那麼細，「那如果是愛情呢？」

「麻煩。」他很乾淨俐落地給了這兩個字。

「什麼？」經歷了他剛剛意外感性的回答，得到這兩個字的我有點愣住。

「反正愛情就是自由聯想自由發揮，這種太過自由的東西不是不好，但重點是兩個人都在這種狀態下，不是麻煩是什麼？比測不準原理還要測不準。」

好像也不能否認鼠輩說的話，「但是，就是因為這樣的自由發揮，才能得到最多的可能性吧。」

「所以我沒說愛情不好，只是麻煩。要嘛就全心投入，要嘛就乾脆不要碰，那種只想要『愛情』兩個字的人，丟了不完全的自己進去，絕對不可能得到自己追求的完整愛情，所以就叫嚷著『那不是我要的愛情』，那種人叫做不負責任。」

「所以你就是那種，談戀愛會全部投入的人嘍？」真是意外的發現。

「全心投入本來就是愛情的前提，妳不用一副發現新大陸的表情，而且妳放心，我現在一點多餘的力氣也沒有。」

「小不點好可憐……」

「單戀也是一種愛情，只要認真投入就會得到些什麼，就算得到的不是對方，也絲毫不會可憐。」他喝了一口剛剛送來的咖啡，「再說，妳就專心在沈之浩身上就好，那就夠妳忙了。」

「你覺得我們適合嗎？」雖然鼠輩說過沈之浩人很好，我也很喜歡他，但適不適合又是另外一回事。

「就說妳們女人真的很麻煩，愛情麻煩就是因為不只本身麻煩，還要加上女人這種雙重麻煩，適不適合、能不能長久這種事情，妳自己最清楚吧。就算最後分手又怎麼樣，就因為覺得跟這個人可能不會白頭偕老，所以就不要這個人也不要這份愛情嗎？」

「鼠輩……」

「幹嘛？」

「其實，意外的你還滿適合戀愛諮商的耶。」

結果就是我說完這句話之後，鼠輩那天再也不搭理我的任何問題。

下了好幾天的雨終於等到了放晴，雖然地面還是濕的，但濕氣正一點一點降低。

這時候的空氣特別好。

跟沈之浩約在廣場的標的物旁，雖然他說要到家裡來接我，但因為想保留多一些在赴約途中的那種緊張感與心跳感，最後還是直接約在目的地見面。我比約定的時間早了快半小時，並不是太過期待，只是我今天突然想看見沈之浩朝我這邊走來的畫面。

星期一的廣場沒什麼人，三三兩兩的路人走過，大抵還是手牽著手的情侶們，我一直不知道是因為情侶太愛出門，還是真的有那麼多的情侶，不管多麼偏僻、多麼熱鬧的地方，都能看見膩在一起的情侶。

大概就是因為不斷的接收這樣的甜蜜畫面，所以大多數的人不自覺的就會認為身邊有另外一個人才是最好的狀態吧。

但是如果能夠真正意識到，自己要的並不單單是愛情，而是身邊的這個人，那才是真正的幸福吧。

我們都希望愛情是在我們身上的附加價值，而不是我們是愛情的附加價值，雖然人們往往不會特別區分這兩者，但總會有那麼突然醒來的早晨，想著，如果沒有了愛情，他還是那個他嗎？

就在我這麼東想西想的時候，沈之浩帶著爽朗的笑容朝我走來，步伐加快了一些，但卻沒有特別匆忙的感覺。「等很久了嗎？」

「還好，特地提早一段時間來的。」

「因為想早一點見到我嗎？」這陣日子以來，變化最大的大概就是沈之浩已經可以臉不紅氣不喘地說出這樣的話來了。

「猜錯了。」我笑，接著我們牽起手走進人群，大概之中也有很多人並不認為自己已經是「情侶」了吧。

通常我跟沈之浩並不特別規劃什麼行程，而只是挑定一個地點，緩慢地散步，也許停下來看一下風景，或者逛一下商店，總感覺無論是我或者他，要的都只是牽著對方的手散步的時光。

這樣下去，我可能會越來越安逸也說不定。

也許大多數人追求的是愛情之中的刺激感，然而對我而言，真正讓人沉迷的是如此的安心感受。只要牽著對方的手，只要凝望著對方，就會想著，今天真是個好日子呢。

「在想什麼？」

「感覺自己真的越來越安逸了，而且，也不知道是被誰影響，最近生活的步調也越來越慢了。」

沈之浩笑了，「這樣聽起來還不錯啊，兩個人慢慢走，還是會到達終點的。」

「那你說終點是什麼？」

「不知道。」有一陣風輕輕吹來，「就是因為不知道才值得期待，也才必須努力吧。」

「為什麼要趨向一個連你都不知道的終點呢？」

「大概，是因為兩個人一起走的緣故吧。」

雖然有一種自己跟沈之浩還沒交往就變成老夫老妻的感覺，但在這樣的日常之中又摻雜了許多感動與心跳，只要想起他微笑的弧度，自己也會跟著揚起嘴角。

愛情其實是很簡單的一件事情，因為它就是愛情這樣的一件事，只是無論是多麼簡單的事情，都還是有它必須克服的關卡，就像是走路這樣簡單的動作，也還是要小心路面或者突來的車輛，就算是平坦毫無阻礙的柏油路，一步一步累積下來也還是會感到疲累。

我們要的也就不過是一個能夠跟我們一起克服的人。

「欸，你說，為什麼路上情侶那麼多？」

「人家不是說『路上曬幸福』嗎？」

「所以不幸福的人都躲在家裡這樣嗎？」

「也不盡然吧。只是就算路上幸福的人跟不幸福的人比例一樣，通常我們的眼光還是會集中在幸福的人身上吧。」他燦爛的對我一笑，「所以妳沒感覺到，一直有路人在看我們嗎？」

「沒有。」我嘟起嘴，一點也不想附和沈之浩，也不想告訴他，不管是真是假我也不知道，因為我的目光始終在他的身上。

他突然停下腳步，把臉湊近我，就是近到我都以為下一秒他要吻我的程度，這個男人一定是故意的，明明知道這樣可能會讓我的心跳過快，而且還在那麼近的距離對我揚起微笑。「其實，我也不知道路人有沒有在看我們，因為我一直在看你。」

如果一直維持這個姿勢的話，我相信一定會有路人把目光投注在我跟沈之浩身上的。

「阿浩？」突來一道聲音劃破我的緊張，終止在沈之浩將身體轉向聲音的來源。

「哥？」剛剛沈之浩說什麼？

我傻傻地抬起頭，第一個念頭居然是「果然跟小不點說的一樣和沈之浩是兩種截然不同的類型呢」，但下一秒鐘又在眼前這個男人的臉上看見我再熟悉不過的曖昧表情，何況我跟沈之浩被目擊的畫面加上牽著的手，不引起對方拷問的心思恐怕是很難的一件事。

所以最後我們三個人就坐在距離最近的一間咖啡廳裡。

「嗯……」之捷哥將手撐在桌上，托著下巴語調上揚的發出這個語詞，饒富意味的眼神來回在我跟沈之浩的身上，他笑得越燦爛，我就感覺冷汗冒得越多。

「你這樣會嚇到她啦。」

「連看都不行喔，我都不知道我們家弟弟佔有欲這麼強。」

「這兩件事根本無關好不好，誰被你這樣盯著看都會覺得害怕吧。」我第一次看見沈之浩這樣的說話方式，還是……好可愛。

「小悅，我這樣看妳，會讓妳感覺害怕嗎？」之捷哥免費附送一個帥哥笑容，擺明就是要氣死沈之浩。

會。「嗯，不會……」

「你這樣她怎麼敢說會。」

「唉啊，借看一下又不會跟你搶。」接著之捷哥直接掠過沈之浩，「不過超意外的，居然會在『那種情況』下撞見你們，我一直以為沈之浩不是這種類型的男人耶。」

嗯，「那種狀況」就是剛剛我跟沈之浩太過靠近，全世界都會以為我們在接吻的姿勢。

「不是你想的那樣。」我很想跟沈之浩說，很多人就是抱持著你越解釋，就等於越加印證自己假設的心態。

「不然……是怎麼樣啊？」

「我只是，在跟她說話而已。」其實我也不必說什麼話，安靜地喝著飲料就好，還有難得的可愛沈之浩可以看，意外的收穫呢。

「我以為你跟女孩子說話都保持著一段相當的距離呢，更何況，有必要那麼靠近說話嗎？」之捷哥笑得好愉悅。

「因為外面很吵……」沈之浩果然是一個完全不適合說謊的人。

「哥哥很相信你的，我絕對不會當作你們在接吻的。」

「哥！」沈之浩激動的樣子也好有趣，我好像一點都沒有自己其實也是當事人的自覺。

「好啦好啦，你去幫我買份報紙好不好，你也知道，今天我太匆忙出門還來不及看報紙。」擺明就是要支開沈之浩，「你放心啦，才不會吃掉你心愛的小悅。」

沈之浩還是抗議無效，最後在桌子底下輕輕握了我的手，才走出咖啡廳幫之捷哥買報紙，也就是說，之捷哥現在的目標是我。

「阿浩很可愛呢。」

「嗯？」

「雖然這樣說自己的弟弟好像有點自吹自擂，但阿浩確實是個好男人呢。」

「嗯。」自己除了「嗯」之外，也不知道該不該應和。

「不過這還是第一次呢。」

「第一次？」

「雖然也見過他之前交往過的對象，但第一次能讓他這麼緊張呢，妳應該也感覺到，其實阿浩就像個小老頭一樣吧。」

小老頭？越貼近的人，給出來的評語果然……

「其實我也很意外，他、他的進步速度不是普通的快呢。」

之捷哥愣了一下，突然笑了出來。「妳好可愛，我還以為妳是那種太精明的女孩子，沒想到坦率得這麼可愛。害我都想橫刀奪愛了。」

這時候的可愛，應該是誇獎吧，但後面那一句，實在……

「其實我也不知道為什麼阿浩對感情會這麼謹慎，但有時候太過小心翼翼反而會讓人感到不安吧。」

「大概，是因為他投注的心力比誰都還要多吧。」

之捷哥認真看了我好一陣子，最後露出一個很愉悅的微笑。「聽妳這麼說我就更想搶走妳了。」

「不過，那孩子總是把所有的壓力都自己扛下來，一直看著他總覺得很心疼，但因為是他的生活甚至是他的愛情，我們也沒辦法插手；不過如果要是妳的話，大概，也捨不得他這麼累吧。」

最後之捷哥對我說：「阿浩就交給妳啦。」

「我……」怎麼感覺是爸爸要把女兒交給女婿的感覺，雖然角色的位置有點微妙，但我的臉頰又開始發燙。

在我打算說些什麼的時候，沈之浩走了進來，似乎是不想讓我跟之捷哥相處太久，所以當我看見推開門的他，像是用著很快的速度走回咖啡廳的樣子。但卻若無其事地拉開椅子坐在我面前，還揚起很燦爛的微笑。

大概就是這樣默默為了對方在努力的模樣，讓人捨不得讓他背負太大的壓力吧。

「這麼急？真的那麼怕我吃掉她啊。」

「報紙拿去，你今天是不用上班嗎？」

「藝術工作者的本質就是自由，不過，你們兩個到底交往了沒啊？」之捷哥一刀砍往最關鍵的那一處。

我跟沈之浩都沒有回答，之捷哥露出別有深意的笑容。「也就是說還沒嘍……那就表示我也可以追求小悅嘍。」

「沈之捷，你不要在這裡搗亂。」

「要到外面走走嗎？」沈之浩露出一種好不容易趕走之捷哥的放鬆表情，突然覺得那麼當真的他有一種微妙的喜感。

「嗯。」

「我沒想到會遇見我哥，抱歉，嚇到妳了嗎？」

「之捷哥人很好。」但我想這句話似乎說得不是時候，因為沈之浩大概連自己也沒發現到，他牽著我的手用力了一點。

所以，他可能真的很不希望有人來搶走我吧，這麼想著，心情就特別的愉悅呢。果然我也是個虛榮的人啊。

一樣沒有目的地的亂晃，兩個人隨意地聊著，冬天真的已經快要結束了。

我想起第一次見到沈之浩的那一天，也許就是因為在那樣的低溫之中，他給了我一個溫暖的笑容，而在用力塗上白色油漆的記憶裡，畫下的一筆顏色。不是很鮮豔，但卻讓人感到溫馨的色調。

說不定將全部歸零的瞬間，就是為了遇見他。

雖然這樣想太過命中注定了一點，然而我的世界不僅僅以我為中心一點一點地旋轉改變，也因為沈之浩的走近，微微加快彼此的轉速；尤其在彼此的愛情之中，就像是坐在旋轉咖啡杯一樣，越轉越快、越轉越快之後的結果，並不是暈眩，而是全然看不清咖啡杯外的風景。只看得見對方。

「我想吃冰淇淋。」

「什麼？」突如其來的一句話，讓沈之浩微微愣住。「可是，天氣還有點冷……」

「因為就是突然想吃冰淇淋啊。」

最後挑了最近的便利商店，雖然他還是唸著「說不定會感冒」、「這樣會很冷」，但還是坐在我旁邊陪我吃冰；偶爾就會想被這樣擔心吧，雖然只是小事，但對方卻會很在意，因為主體是自己啊，這麼想著的時候，就會覺得很幸福呢。

「好冰。」穿著大外套坐在路邊吃冰，果然有點刺激，接著我舀了一口冰淇淋遞到他的面前。「你要不要吃一口？」

他看了一下我又看了一下湯匙，最後並沒有張口直接吃掉，而是用手接過湯匙。「真的很冰耶，這樣，妳真的不冷嗎？」

「有你在怎麼會怕冷……不過真傷心呢，人家好心要餵你吃的。」

「我、我只是不知道是不是自己想的那樣……」他低下頭害羞的樣子好可愛。

愛情這種事情啊，還是偶爾對換一下位置比較有趣，我跟沈之浩的位置對調的頻率可不是普通的多呢。

所以說，做人就要好好把握這種佔上風的時刻。

「那你還要不要？」又舀了一口冰淇淋到他面前，說不定我根本不是想吃冰，而這次他很乾脆地就著湯匙吃下去，沒想到居然是我開始臉紅。

這種動作，如果是朋友的話似乎覺得沒什麼，但一牽扯到愛情的範疇，似乎就有種好像太過親密的感覺。

愛情就是有這種強大的解釋力。

但這種臉紅心跳感，還滿令人著迷的呢。所以幾乎那份冰淇淋都是沈之浩吃下的，就在我舀起最後一口，遞到他面前的時候，我的耳邊傳來太過熟悉的聲音。

「小悅？」我抬起頭看見走近的小芹和見過幾次面的她的男友，今天是有沒有那麼巧，而且都在這種微妙的畫面被目擊。

「我一直在想那個人是不是妳，沒想到還真的是耶。」

大概是因為非假日，沒有其他人潮作為遮掩，所以很輕易就能認出自己認識的對象。但這也太巧了一點吧。

「嗯，真巧……」

「我們要去看攝影展，要不要一起去？是我朋友的個人展喔。」接著小芹湊過來，小聲地說：「很帥嘛，剛好可以雙約會。」

又是雙約會？

但我跟沈之浩還是被小芹拖去了，說是要幫朋友衝人氣，但我想她只是想藉機認識沈之浩。

來到攝影展會場之後的小芹意外地認真，雖然三不五時會丟給我幾個曖昧的眼光，但她和男友卻和我們維持著一段距離。

「很不錯的展覽呢。」沈之浩的聲音拉回了我的思緒。

「嗯。今天到底是什麼日子，隨便走走都可以遇到熟人？」

「大概，連老天也在催促我們快點踏入對方的生活圈吧。」

「什麼答案嘛……」然而在之中的我和沈之浩其實是最清楚的人，那樣的臨界，已經太過緊繃。

很久之後小芹對我說，在看見沈之浩看我的目光之後，她就連一點探問的心思也沒有了，光這麼一個畫面就已經得到答案，但到底是什麼樣的答案，她卻始終沒有告訴我。

每個星期四到圖書館這件事，不知不覺就成為一種習慣，只要看見日曆上的日期下寫著「星期三」，那天晚上就會做著要到圖書館的準備，像是整理要還的書，或是在寫下隔天要借的書，甚至連要穿些什麼衣服也會事先想好；這樣的日子，快得讓人有些措手不及，明明感覺才一開始，實際上卻已經過了一段很長的時間。

就好像，每個星期四的開始並不是醒來，而是踏進圖書館看見沈之浩微笑的那一瞬間。

然而今天踏進圖書館看見的卻不是沈之浩，而是另外一個也見過幾次的圖書館員，事實上有些失望，更多的是那一秒鐘的詫異，也就是那一瞬間，我才發現原來自己有多習慣沈之浩存在的日子。

我並沒有特別詢問，也沒有試圖聯絡沈之浩，卻還是懸著「他應該知道我今天會來吧」這樣的念頭，一步一步走向靠牆的位置，卻始終無法專心在書上。

最後我合起書，帶著包包走到公園的長椅，偶爾就是在這張長椅上期待著午休時間的沈之浩，這麼想著的時候，就不自覺地往他平時走來的方向望去，卻有些悵然若失的感覺，突然感覺有些好笑，原來抽離了習慣是這種淡淡的惆悵，但卻比煎熬還要難以忽視。

突然覺得現在的自己好像是在緬懷什麼過去一樣，不過就是沈之浩沒有來上班罷了。

春天就是要這麼多愁善感嗎？

就在我發著呆的時候，一罐熱可可突然進入我的視野，順著那隻手抬起頭，我看見的是沈之浩。

他總是在這種發呆與清醒的交界出現在我面前，總會有那一個短暫的空白瞬間僅僅映入他的畫面。

「在圖書館裡沒見到妳，想說妳應該會在這裡。」我接過飲料之後，沈之浩就在我的身邊坐下，恰好是最初那天的位置。

雙手握著熱可可，在預期之外出現的他，也讓自己感受到意料之外的心悸。

「感覺很像呢，第一次和你坐在這張椅子上那天。」

我問：「我剛剛在圖書館裡沒有看見你，現在也不是午休時間啊。」

「今天排休，但不想打亂妳的行程，所以就沒先告訴妳。」

「太貼心的男人，真的很危險呢。」

「我還是把這句話當作誇獎好了。不過那時候，真的很好奇妳在看些什麼或是想些什麼呢，不管是蹲在草皮上的時候，或是那天坐在椅子上的妳，不自覺的就會想著『她在想些什麼呢』，可能就是因為這樣，開始期待妳的出現吧。」

「那你覺得我在想些什麼呢？」

「大概是在圖書館看見的那個帥哥吧。」

「你真的越來越自戀了。」我用手指戳了戳他的臉頰，果然還是那麼有彈性呢。

「那天真的嚇了一跳，沒想到看起來有點冷淡的妳，居然毫無預警的伸手戳了我的臉頰，老實說我根本不知道怎麼反應呢。」

「誰叫你皮膚要那麼好。」我對這方面心眼很小的。

「那妳要不要陪我一起跑步？」他笑得好溫柔，就像是第一天問我要找什麼書那時一樣。

「我不喜歡跑步，如果看著你跑還可以考慮。」我看著他始終掛在臉上的弧度，「你以後，不要隨便對女孩子這麼笑。」

「嗯？」

「第一天見到你的時候，你就是這麼對我笑吧。」

「所以第一眼就愛上我了嗎？」

「我什麼時候說愛上你了？越來越不害臊了。」

「可是我已經愛上妳了，那怎麼辦？」

沈之浩雲淡風輕的語調，讓我瞬間反應不過來之中的涵義，我握緊手中的熱可可，方才、沈之浩就在毫無預警之際，用力打破那道界線。

他已經伸手掀開了答案。

「說不定也是從第一眼就陷下去了，那個時候一個人對著指示牌發呆的女孩子，之後蹲在草皮上卻腳麻掉的女孩子，叫我坐在她身邊但卻不說話的女孩子……一點一點累積起來，就成為了我愛上的那個妳了。」

完全說不出話的我，轉頭將目光移往沈之浩溫柔的笑容上，他說：「總感覺，今天是個適合告白的好天氣呢。」

他牽起我的手，移動身體蹲在我的面前，這時候居然還有心情開玩笑地對我說：「我還沒有要求婚，妳不用那麼緊張。」

「我才沒有緊張……」但我心跳得好快。

「張悅寧，妳願意只當沈之浩一個人的公主嗎？」

「這時候說『我願意』就很像答應你的求婚那樣嘛……」沈之浩用著好認真的眼神凝望著我，我的目光絲毫無法移動。

「不然妳說，妳願意跟我交往好了。」

「沈之浩永遠都會是沈之浩嗎？」

「沈之浩永遠都會是愛妳的那個沈之浩。」

「我記憶力很好的。」

「就算妳忘記了，我也會替妳記得。」

我只是看著他，感覺水氣已經在眼眶中打轉。「我希望很久很久以後，我們還是能牽著手，走回這裡，說著『當初我們就是在這裡相遇』，我希望自己永遠都不要忘記第一次看見妳微笑的心情，有很多我希望，但這些希望都必須要有妳才有可能實現。」

淚水終究還是承受不了沈之浩話語的重量，他伸手拭去我頰上的淚水，留下他指腹的觸感，和我淚水的溫度。「妳再不說話，我就要吻妳嘍。」

「那我不要說話好了……」雖然我刻意壓低聲量，但沈之浩卻聽得一清二楚。

所以他吻我了。

因為太措手不及導致根本無法反應，只聽得見沈之浩略顯低沉的聲音。「妳願意當我的公主嗎？」

「你早就已經是我的王子了。」

沈之浩輕輕將我擁入懷中，用著幾近呢喃的音量。「遇到妳之後，我才發現原來自己一點耐性也沒有。」

「謝謝你願意給我那麼長的一段曖昧空間。」

「就算跨過了曖昧，我也希望自己能帶給妳更多心動的感覺。」

「你真的越來越會花言巧語了。」

「因為看了很多書啊，而且只說給妳聽，就算害羞我也還是會說給妳聽。」

「我真的會越來越貪心喔。」

「我也是。」他深深地望進我的雙眼，「我也會是個很貪心的男人。」

在愛情裡，沒有人是不貪心的。

12

又是冬天。

我坐在公園裡的那張長椅上，側過身盯著右手邊的那棵樹的樹皮，果然還是這種又複雜又沒什麼特別意義的存在最容易讓人進入發呆狀態。

一年前也是在這裡呢，會這樣想著的我，好像有點滄桑的感覺，所以不自覺就笑了出來。

「在想什麼？」

剛下班的沈之浩坐到我身邊，一轉頭還是他那爽朗的笑容。「你總是在我半發呆半清醒的時候出現，所以腦袋中就只有你的畫面而已，一定就是這樣才會被你騙了。」

「被我騙了不好嗎？」他給了我一個淺淺的吻。

「偶爾抱怨一下不行嗎？」膩在他的懷裡，這個冬天就算再冷我也還沒戴過手套，所以他包覆住我的雙手。

「因為對妳不夠好，才會被抱怨吧。」

「我才沒有這樣說……」抬頭看向他，「這時候好像就應該喝熱可可呢。」

他笑得好溫柔，「最近的就是販賣機喔。」

「販賣機的熱可可意外的好喝呢。」

於是看著沈之浩往販賣機走去的身影，還是一樣在這種時候步伐跨得特別大，如果再對他喊著「好冷喔」，說不定這個男人連想都不想就跑了出去。果然一點都沒變呢。

沈之浩還是那個沈之浩。

「謝謝你。」接過了沈之浩遞給我的熱可可，我捧在手中，這股溫暖，是誰也沒有辦法替代的吧。

「妳這樣我會討厭那罐熱可可。」

靠在沈之浩的肩上，「因為是你買的啊，所以特別溫暖呢。」

很容易就開心的沈之浩似乎暫時忽略了那罐熱可可，兩個人就安靜地坐在長椅上，這樣的愛情，雖然緩慢卻會讓人不可自拔的踏進去，等到發覺的那一天，已經被愛情包裹住了吧。

「今天，魔法就要解除了呢。」

「那麼，可以讓我牽著妳的手，一起跨過那道魔法嗎？」

「就算你不牽起我的手，我也還是會把你拉到另一個世界。」

我的右手和沈之浩的左手，「回到原本的張悅寧之後，我也不知道會有什麼改變，就像一年前我突然決定失憶那樣。」

「就算跨回去之後，突然發現不愛我了，我也會努力讓妳再次愛上我。」

如果那個世界沒有沈之浩，我就不想回去了。

「這麼有把握啊？」

「因為，大概沒有人比我更愛妳了。」

「那王子要跟我一起倒數嗎？」

於是我跟沈之浩數著：「五、四、三、二、一……」

「零。」

歸零的瞬間

「歡迎回來。」迎接我的是沈之浩溫暖的微笑。

「我回來了。」魔法的解除，動搖的是我的世界，但因為那樣的世界之中有著沈之浩，所以也不害怕會倒塌吧。

「那妳，是不是感覺比在另外一個世界更愛我了？」

「你真的越來越不害臊了。」我輕輕在他臉頰上留下一個吻，「歸零的瞬間，我第一個看見的是你。」

「那麼，能讓我成為妳的開始嗎？」

「從看見你的那瞬間，就已經開始了。」

沈之浩將我擁入懷中，「我還是想說，真慶幸妳曾經失憶。」

「那我可以許願嗎？」

「嗯？妳想許什麼願？」

「我希望沈之浩永遠都會是那天從販賣機買來熱可可的那個沈之浩，雖然讓人有點不知道該怎麼反應，但卻能感覺到他的真心，而且從他手上接過來的熱可可，真的、真的很溫暖。」

「記得那天我對妳說過的嗎？」

「嗯？」

「沈之浩永遠都會是愛妳的沈之浩，所以，永遠都會像現在這樣包裹住妳的雙手。」

他說：「有我在，就不會讓妳冷。」

忘了世界，也不會忘記你 I'll Remember You, Forever

後記

完成一個故事之後，隔上一段時間，也許是幾個星期，又或者是幾個月，重讀起來就彷彿某個與我關連卻又字句透露著我的痕跡的故事。

更何況，這篇故事與我相隔了十二年之久。

故事是二〇一〇年完成的，通常我是不會重讀自己的小說的，卻在整理檔案時意外找出了幾篇塵封的長篇，彷彿像收到一封來自久遠之前的信，經過時光的手，傳遞某些訊息給我——只要願意，就能重新開始。

十二年前的我無論如何都不可能想得到，那時自己心血來潮寫的一篇小說，卻給了現在的我一個莫大的安慰。

我幾乎記不得當初的初衷了，歸零，大概是想寫一個這樣的故事，畢竟年少時總有一些想拋開所有一切的想望，也說不上多迫切，更多的可能只是想暫時擺脫面前煩人的瑣事，卻沒想到，經過一年又一年，我卻漸漸明白了歸零是一件多麼困難的事。

然而卻又意義重大。

我沒預想到這個故事會在十二年後規劃出版，但我想，這世間的每一件事物，無論多麼微小，都有它的意義，對我來說，不得不重新面對過往青澀的文筆多少有些羞赧，然而我卻得到了意想不到的安慰。

我衷心希望，這個故事，說不定也能帶給某個人一份微小的力量。

Sophia

忘了世界，也不會忘記你

I'll Remember You, Forever

Sophia
作品集 14

國家圖書館出版品預行編目資料
忘了世界，也不會忘記你 ／Sophia 著.
一初版.一臺北市：春天出版國際, 2022.08
面；公分.一（Sophia作品集；14）
ISBN 978-957-741-559-2（平裝）
863.57 111008461

ISBN 978-957-741-559-2
Printed in Taiwan

作　者　Sophia
總編輯　莊宜勳
企劃主編　鍾靈
責任編輯　黃郁潔

出版者　春天出版國際文化有限公司
地　址　台北市大安區忠孝東路四段303號4樓之1
電　話　02-7733-4070
傳　真　02-7733-4069
E－mail　frank.spring@msa.hinet.net
網　址　http://www.bookspring.com.tw
部落格　http://blog.pixnet.net/bookspring
郵政帳號　19705538
戶　名　春天出版國際文化有限公司
法律顧問　蕭顯忠律師事務所
出版日期　二〇二二年八月初版
定　價　240元

總經銷　楨德圖書事業有限公司
地　址　新北市新店區中興路二段196號8樓
電　話　02-8919-3186
傳　真　02-8914-5524